光文社文庫

わたしの台所

沢村貞子

光 文 社

目次

わたしの台所

献立日記

あさ、床の中で眼をさまして、一番さきに私の頭に浮かぶのは、今日の夕飯は何にしようかしら……ということである。

雨戸の隙間から、明るい陽の光が洩れていれば、久しぶりでちらしずしはどうだろう、と思い、うす暗くシトシトと雨の音がきこえれば、おでんの煮込みでもこしらえようか……などとうつらうつらと思い迷うのも、また楽しい。年をとるほど美味しいものに執着するのは、きっと、少ししか食べられないせいだと思う。運悪く、まずい食事をする羽目になっても口直しがきかないのが辛い。

うまいものといっても、高価なもの、栄養のたっぷりあるもの、とは限らない。汗がタラタラ流れる真夏の冷たい素麵《そうめん》。凍えるような冬の夜の熱い雑炊など、どんなご馳走よりもおいしい。

変化も大切。いくら好物でも三日も四日もつづいては、見ただけでゲッソリしてしまう。疲れすぎて食欲のないときなど、一枚の山椒《さんしょう》の葉、一切れの柚子《ゆず》にひかれて箸をとることも多いから、色も香りも粗末に出来ない。とにかくそのとき、美味しそうな、と思うようなものをあれこれ取り合わせて、その日の献立を考えることがなにより大事なことだと私は思っている。

こまったことに、私の仕事は時間にきまりがない。夜更けまで帰れない日は、朝、出かける前に、夫の夕食をあらかた整えておかなければならないし、夕方には自分で料理出来る日も、買物と下ごしらえは、通いの家政婦さんに頼むことになる。

だから――早く献立を決めなければ、と思っているのに、いざメモを書こうとすると、昨日は何となにだったかしら――こまかいことをケロリと忘れているのはどういうことだろう。

……ええと……味噌汁の実《み》は……。

出かける時間が迫ってくる。マゴマゴしたあげく、若布《わかめ》を二日もつづけたりしてしまう。

食いしん坊のくせに本当によく忘れる。

そんなことをくり返していたある日、フト思いついた。

……毎朝、使いさしの紙切れに走り書きする〈今日の献立〉を、まとめて清書しておけば便利じゃないかしら……。

さっそく無地の大学ノートを買ってきた。一頁ごとに横四段にしきって四日分とし、縦三本の筋をひいて、左は日付け、天候、温度、来客その他、食事に関係のある出来ごと。真中はわが家の一ばん重い食事――つまり夕食の献立を書きこんだ。右のかこみの中は朝の献立、その下には昼食代りの軽いおやつも忘れないように……。

これが私の〈献立日記〉である。案外、役に立った。どんなに忙しい朝でも、そのノートをちょっとのぞけば——また、これかというような失敗はしないで済むようになった。

そのうちに（オヤコの頃すこし脂をとりすぎているんじゃないか……）とか、（二、三日、酢のものがすくないから、若布とシラス干しを使って……）（今夜は湯どうふにしよう、豆は畠のビフテキだから……）などと、自然に栄養のバランスを気にするようになったから面白い。

昭和四十一年に書き始めて、いまは十八冊の薄いノートが、それぞれ古い民芸カレンダーの表紙にくるまれて、書棚の隅に並んでいる。今夜は何にしようか……といい考えが浮かばないとき……去年の今日、おととしの今日は何を食べたかしら、とその中の一冊をひきぬいて頁を繰れば、

「あーもう蕗《ふき》が出ているはず……」

とか、

「そろそろ鰤《ぶり》も脂がのっている頃」

などと、夕方市場へ行けない私に季節の野菜や魚をそっと教えてくれる。

この間、そのノートを休みの日にそっくり縁側へもち出して虫干しをしながらパラパラとめくってみた。

昭和四十一年四月二十三日――はじめてこの日記をつけた日の夕食の献立は、
・牛肉バタ焼き
・そら豆のホワイトソースあえ
・小松菜とかまぼこの煮びたし
・若布の味噌汁
それから十四年目、昭和五十五年の同じ日は、曇ですこし肌寒かったらしく、
・てんぷら――めごち、いか、ピーマン、さつま芋
・いりどうふ――とうふ、にんじん、ごぼう、ねぎ、きくらげ、玉子
・ほうれん草のおひたし
・味噌汁――大根千六本、木の芽
と書いてある。
齢とともに肉類が減り、魚が多くなってくるのは自然のなりゆきだろう。その前日は、
・かますの干物
・焼き油揚げの大根おろしそえ
・春菊とちくわの玉子とじ
・味噌汁――若布、きぬさや
と、かなりあっさりしている。

朝食の献立もつけるようになったのは二冊目からである。朝はパンに牛乳、玉子、生野菜のことが多いので取り立てて書くこともないような気がしていたが、冷蔵庫にある野菜を手当り次第きざみこむわが家のサラダは、うっかりすると、いつも同じようになってしまうのだった。

・レタス、きゅうり、りんご、バナナ、パイン、干し柿――マヨネーズ

などとしてあれば、翌朝は、

・大根、にんじん、きゅうり、若布、玉ねぎのうすぎり――ドレッシング

というふうに、かえてみたい気にもなる。

週に一度は朝がゆを土鍋でふっくり炊《た》きあげ、漬物いろいろ佃煮あれこれを並べてみたり、ときにはあついご飯に納豆、のり、たたみいわしに生玉子を旅館風にして……などと思いつくのも、この日記のおかげである。

どちらかというとひよわな年寄り夫婦が、今までたいした病気もしないでどうにか暮してこられたのは、こんな献立の変化で、栄養のバランスが自然にとれていたのではないだろうか。つまりは怪我の功名というところ。

おかしいのは、四、五年このかた、秋の美味、松茸《まったけ》の名がこの日記から消えていることである。土瓶むしの味と香りは大切な季節感とわかってはいるものの、あまりの高価さにどうしても手が出ない。一年一度のことだから……と思ってみても気がひけて……。数の子も同

じこと。〈かっちゃん数の子、にしんの子〉の頃は暮からお正月にかけて、いやというほど食べたものだが、〈黄色いダイヤ〉に昇格されては、つい、どうも……。

「なに様じゃあるまいし、冥利が悪いよ。食べなきゃ死んじまう訳じゃないだろう」

と母に叱られそうな気がして……。

私の献立日記は、結局、わが家の食物史、経済史とでもいうところだろうか。

美容体操

鏡の前で髪をときながら、ときどきフッとゆううつになる。

……また、こんなところにシミが出来てしまった……。

古稀もどうやらすぎてしまったのだもの、仕方がないとわかっていながら、……美しく老けよう、なんてとても無理なこと。夢物語ですよ、あなた……などと、鏡の中の自分に向ってキュッと唇を曲げ、ツンとあごをあげて、意地悪そうにつぶやいてみたりする。いくつになっても、なんとか老醜から逃れたい女心の——裏返しということだろうか。

女は、美しくなるためにはどんなことでもする、と言われるけれど——私にとっては何かももうおそすぎる。

いまさら眼じりのしわを二、三本減らしてもらっても、頰のたるみが目立つばかりだろうし、老女の厚化粧は我ながらおぞましい。

血行をよくすれば、しわやシミが多少すくなくなるというから、せめて、

「美容体操でも始めようかしら……」

溜息まじりのひとり言を傍《そば》できいたらしい夫が笑った。

「毎日やっているじゃないか、美容体操を……家の中をバタバタ走りまわって掃除をしたり、セッセコセッセコ台所仕事をしたり――それ以上、手をあげたり脚をあげたりするのは、もう無理じゃないのかな」

たしかに――そう言われてみれば、家事は私にとって、ちょうどいい運動になっているのかも知れない。

低血圧のせいで、娘のころから体操は苦手だった。鉄棒にぶらさがったりかけ足をしたりするとすぐ眼をまわして、担当の先生を困らせたものだった。

そのくせ、家の中で母に仕込まれた掃除、洗濯、水仕事は、いっこう苦にならなかった。はげしい運動は出来なかったけれど、こまめに身体を動かすことは、辛いどころか気持がいい、ということを、小さい時から知っていた。

おかげで、いまだに腰が軽い。雨戸をあける途中で、桟にホコリが溜っている、と気がつけば、すぐ台所へかけ出して雑巾バケツをもってくる。ついでに桟おとしの小さい穴のホコリもピンセットでつまみ出す。さっき覚えたドラマの台詞《せりふ》を頭の中で繰り返しながら、庭を掃いたり雑草をぬいたり――病気らしい病気をしないで今日までなんとか働いていられるのは、多分そのせいかも知れない。

〈家事こそ、私の美容体操〉

ハッキリそう思うようになってからは、家の中の仕事が、前よりもっと楽しくなった。「美容、美容、美容」口の中で三度唱えれば、たちまち身体が動くからおもしろい。二階の書棚へすっかり運んだはずの本が、一冊だけ居間の隅に残っていたりする。ヤレヤレと坐ったとたんに気がつくと、つい舌打ちもしたくなる。

「あーめんどうくさいな……」

そんな時も、そのおまじないさえ口ずさめば、たちまち腰はスッとのび、すぐもう一度トントンと階段をあがってゆく気になるから不思議である。

そのあとで鏡台の前に坐ると、ウッスリ額に汗がにじみ、頬に血の気がポーッとさして、気のせいか――口元のシミも薄くなっている。

私の美容体操は、ほんとによく効く。

お正月の値打ち

このごろ、なんとなくお正月の値打ちが下がったような気がする。

幼稚園へ通っている知り合いの男の子に、

「もうすぐお正月がくるわね、嬉しいでしょう?」

と言っても、キョトンとして反応がない。私の小さい頃は、お正月という言葉をきいただけで胸がドキドキするほど嬉しかったものなのに……。

「あのね、クリスマスがすむと、すぐ新しい年が……」

と言いかけたら、トタンに、

「ボク、クリスマス、だーい好き」

小さい顔がパッと輝いた。

「だってさ、サンタが新型電気自動車もってきてくれるんだもーん」

本当は、パパがサンタであることも、その日は贈り物と一緒に大きなケーキを買って、会社からまっすぐ家へ帰ってくることも、坊やはチャンと知っている。いつもブツブツ叱言《こごと》ばっかり言っているママもその日はドレスアップして、電子レンジで冷凍のハンバーグを焼いてくれるし、居間に飾ったクリスマスツリーには可愛い豆電気がチカチカ輝いているそうな。

「ボクもお姉ちゃんも新しい服着るんだよ、そいで、お菓子をいっぱい食べて、みんなでジングルベル唄うんだ」

なるほどね……それではお正月にすることは、もう何にも残っていない。百人一首なんて面倒なことは覚えようともしないだろうし、うっかり道路で凧《たこ》を揚げたり羽根をついたりしたら、交通事故にあうおそれがある。

それでも——どうもクリスマスに馴染めない老女は、なんとかお正月の楽しさを強調したくて、

「でも、お正月にはお年玉をいただけるでしょう、それで、好きなもの買えるじゃないの？」

と、のぞきこんだら、

「買わない。貯金する」

まことに冷静な表情だった。どうやら、お正月は、すっかりクリスマスに食われてしまったらしい。

おつとめをしている若いお嬢さんに、お正月という言葉から、なにを連想するか、ときいたら、ちょっと考えて、

「世の中のすべての動きがとまるとき」

と、ものうそうな返事だった。

そうかも知れない。この頃の繁華街はどこもかも、いつも、のぼせあがったような賑やかさである。しんと静まるのは、お正月だけかも知れない。

「あっ、そう――彼とスキーにゆくときよね」

OL嬢は、やっとニッコリした。何日かつづけて旅行出来るとき――ということのようである。

年齢を満《まん》で数えるようになったことも、大分お正月への関心を薄れさせたに違いない。十一月生れの私は、十八歳と二カ月のとき、

「あけて、い、二十《はたち》になります」

と答え、それがまた、嬉しかったり寂しかったりしたものだけれど、その思いは、いまは皆さん、お誕生日に味わっているだろう。

さて――いまの私にとって、お正月とはどんなときかしら。

どうやらそれは、とめどなく流れてゆく私の暮しの中で、年に一度の折り目切れ目になっている。次から次へ、いろんな出来ごとに追い立てられ、夢中で歩きつづける私は、そこでやっと立止り、ホッと一息して、ゆっくりうしろを振り返る。楽しいことも辛いことも沢山あった。やりそこなったり、恥しい思いをしたこともいくつかある。でも、とにかく、この

一年も一生懸命やってきたのだから——堪忍して下さいね。

(さあ、また新しい年がやってきた。過ぎたことは振り捨てて、シャンと背を伸し前を向いて歩いてゆきましょう。今年はどんな年になるかしら……)

お正月は、老女にも小さい夢と勇気を贈ってくれる。だから私にとって、お正月の値打ちは——とても大きい。

うちのしきたり

しきたり——とは（古くからしつつ、今にいたること）だと言う。

人間の暮しかたは刻一刻とめまぐるしく変ってゆく。その激しい流れの中で昔の人のしたことが、そのまま習慣として伝えられてきたとしたら……そこにはきっと、そのときどきの人たちにとって、なにかの意味があったのだろう。

私が娘のころ、東京の下町にはお正月のしきたりがいろいろあった。数にもはいらないような路地のしもたやでも、格子戸の前に笹を立て、松を飾った。家の中では小さい三方《さんぼう》に鏡餅をのせ、一張羅の晴れ着に着替えた家族達が、互いの無事を願ってお屠蘇《とそ》を飲み、お雑煮おせちを食べたものだった。街のあちこちには、なにかと世話になる長老や先輩たちのところへ年賀にゆく人たちの、明るい笑い声がひびいていた。

私はそんなしきたりが好きだった。そこには、いつも何やかや苦労を背負いながら、それにも負けず、今年こそは……と新しい年にのぞみをかける人たちの、切ない願いがこめられているような気がしたからである。

だから私は、いまもそのしきたりを、わが家のお正月にひきついでいる。ほんのすこしずつ、姿かたちを今風に変えながら……。

うちの門松は太目の竹の一節に松と梅の小枝をさした、ささやかな松竹梅である。門の扉に、紅白の水引で結んだこの竹筒は、味気ない舗装道路に、案外、風情をそえてくれる。

床の間の小さい鏡餅の上には、橙《だいだい》をのせ金銀の水引をかざるだけ。和洋とりまぜた狭い居間には、こんなあっさりしたお飾りの方がいっそふさわしい。

松の内は来客が多い。主婦も話の輪の中に入れるように大晦日《おおみそか》におせち煮を用意しておく。お重の中味は、やや現代ふうの手料理である。

去年の私の献立日記には、こう書いてある。

一の重
・七色なます（大根、にんじん、白ゴマ、胡瓜、椎茸、油揚げ、しらたき）
・黒豆ふくめ煮の松葉とおし
・かずのこ
・イクラのきんかんづめ

二の重
・紅白かまぼこ
・だてまき

・くわいの旨煮
・れんこんの白煮
・たたきごぼう

三の重

・ふきよせ（八つ頭、にんじん、こんにゃく、さやえんどう、鶏肉）

このほかに冷蔵庫に用意しておいたのは、鰤、鮪《まぐろ》、ひらめの生魚とスキヤキ用の牛肉。

おせち料理の種類は、毎年売れゆきのいいものを選んでいるが、若い人に人気のあるのが、七色なますとたたきごぼう、というのは、なんだか面白い。

（たたきごぼう——細いごぼうを米糠《こめぬか》を加えたタップリの湯でごく柔かになるまでゆで、よく洗い、五センチほどに切って俎《まないた》の上にのせ、すりこぎでかるく叩く。白ゴマをよくすり、みりん、醤油、酢で味つけしたゴマごろもをつくり、たたいたごぼうをよくあえる）〈辰巳浜子さんの、『娘につたえる私の味』〉参照。

お正月は家族がお互いに新しい気持で向いあう日である。私は丁寧に髪を結いあげ、どうやら見られる程度の化粧をして、いちばん似合う着物をまとう。それが、これからまた一年間、顔をつき合わせて暮さなければならない人への礼儀でもあり、思いやりとも言うものだろう。

「今年も、どうぞよろしくお願いします」

ちょっと気どって改まった挨拶を交したあと、お屠蘇代りの葡萄酒を朱塗りの盃につぎ、互いの健康を願いあう。

これがこの頃の——うちのしきたり——と言うわけである。

一枚の賀状

静かな元旦の朝、炬燵《こたつ》へはいって一枚一枚ゆっくり賀状をみるのは楽しい。

長い年月、変らずつきあっている人たちや、この頃の仕事の上のお知り合いからのご挨拶の中に、毎年、何枚かの思いがけなく懐しい便りがまざっている。細く長く曲りくねった人生の旅路の途中で、フト知りあい、やがて別れていった人たちからの年賀である。

達筆で「謹賀新年」とキチンと書いてあるのは、昔、映画の演出をしていた人からのもの——律義で温和すぎる、と言われた人柄のせいか、ずっと前に郷里へ引っこんだ、ときいていたけれど——元気でよかった。

「頌春」と細い字で印刷してあるのは、夫と私の二人宛。十年ほど前、お互いの家族ぐるみの親しいおつきあいをしていたが、その人の仕事が変ってから、いつとはなしに疎遠になってしまった。

隅の方に小さく、

「お元気で何より——また逢いたいね」

と書いてあるのが嬉しかった。夫も、

「そうさ——また逢いたいよ」

と、つぶやいていた。

年に一度の賀状を、私は大切にしている。たった一言書き添えた言葉が、長い間、離れていた友だち同士の手を、もう一度つないでくれることもある。

そのくせ私は、その賀状を出したために失敗したことがある。三十年ほど前のことである。戦後の混乱がやっとどうにか落ちついて、みんなが久しぶりで新年を祝う気持になっていた。私は友人知己にセッセと年賀の葉書を書いた。

松のとれた頃、おそまきの賀状の中に、一枚の官製ハガキがはいっていた。謹賀新年、と右上りの楷書で大きく、そばに、

「小生、貴女とおめにかかった覚えはないのに賀状をいただきました。もし、何処で何時、おちかづきになったか、詳しくお知らせ下されば幸甚です」

固い字だった。その人の名前に、私はおぼえがない。いそいで名刺箱を調べると——あった。かなり大ぶりの一枚の名刺はたしかにその人のものに違いないが、肩書きは一切ない。なぜその人の名刺が私の手許にあるのかも思い出せない。私には、人の名前を覚えようとしない悪い癖がある。

いまさら返事の書きようもなく、私はその名刺を破ってすてた。たとえ老けの脇役でも私

は女優。うっかり書いた一枚の年賀葉書が相手にとっては迷惑だったのかも知れない。

それからは、たとえ目の前に名刺があっても、思い出せない人には賀状を出したりしないように——くれぐれも気をつけている。

男女同量

久しぶりで銀座の陶器店へ行った。その店で買って長い間使っていた夫のご飯茶碗にヒビがはいったからである。

大切に扱っているつもりでも毎日のこと、私のものも大分前から縁に傷がついている。なにかとことの多そうな八〇年代を老夫婦がシャンと腰をのばして生きるために、新しい夫婦《めおと》茶碗でもおごろう、ついでに湯呑も一組……そんな気持だった。

広い店にいろどりよく並べられた沢山の瀬戸もの。こんな皿小鉢にほどよく盛りつけたら私の手料理もすこしは引き立つだろうに——とつい見惚れてしまった。

奥まった棚の上に、おめあての夫婦茶碗と湯呑の一組が飾ってあった。男物は紺、女物は赤のすっきりした更紗模様がいかにも洒落《しゃれ》ている。一目で気に入ったけれど、値段表を見てちょっとためらった。心づもりしていたよりもずっと高い。

なんとなく、分《ぶん》不相応な贅沢をするようで、だれにともなく気が引けて、首をかしげているうちに、フトおかしなことに気がついた。

（アラ……）

その茶碗も湯呑も男女同じ大きさなのである。違うのは更紗模様の紺と赤だけだった。

（どういうことなのかしら……）

私が今まで見慣れてきた夫婦茶碗はどれも、大きい男物の傍に一まわりこぶりな女物がそっと寄りそっていたのに……。

（これは特別なのだろうか……）

いそいで店内を見てまわったが、他の棚に飾られた四組も皆、男女同じ大きさだった。とうとう若い男の店員さんに、

「男物と女物と、大きさの違う夫婦茶碗はないのでしょうか」

ときいたら、ふしぎそうな顔をした。やがて奥の事務所から年配の人が出てきて、愛想よく、

「こちらにございます」

と案内してくれた隅の一対は、たしかに女物の方がすこし小さい。それも、よく見れば……という程度の違いで、可愛らしい花模様はいかにも新婚さん向きだった。

結局、はじめに見た更紗模様のものを思い切って買って帰った私は、わが家の食卓の上にそれを並べて、ひとりニヤニヤしていた。

（男と女と、同じ大きさの茶碗……）

それが、とても嬉しかったのである。

今どきのお嬢さんの中には、男の子のセーターを粋に着こなし、（キミ、ボク）の男言葉を何気なく使っている人も沢山いる。翔んでる女とよばれる人も多い。それに反発するように（関白宣言）という男の心意気を示した唄も流行っているらしいが、その中味は遠慮がちでいかにも甘い。そんな世の中で、夫婦茶碗の大きさが同じになったとしても、別に不思議はないだろう。

しかし——明治生れの老女にとって、これはやっぱり、かなりのおどろきだった。

私たちは若いころ、

「女のくせに……」

という言葉を、日に何度きかされたことだろう。

「女のくせに思ったことを口に出すなんて生意気だ。女のくせに新聞を読むなんてとんでもない。女は黙って、男のうしろに控えていればいいんだ……」

それが女らしい女、可愛い女、いじらしい女の典型だった。そういう女性だけが、世間にうけいれられてきた。

ものを食べるのも女らしく……うつむき加減につつましく、少しずつ口に運ばなければいけない。男のように大口あけて腹いっぱい食べるなんてみっともない、色気もこそもないじゃないか……そう言われたものだった。

下町のおかみさんたちは朝から晩までよく働いた。掃除、洗濯、水仕事――坐っているのは縫いものをしているときだけだった。家の中の力仕事はたいてい女房がやってのけていたから、男の人よりおなかがすくこともあった。それでも、女の茶碗は小さかった。

(そりゃあ、男と同じじゃおかしいよ)

自分たちもそう思いこんでいた。ふだんは男たちに負けずに元気なおかみさんたちも、お膳の前ではおとなしく、小さい茶碗でそっとおかわりをしていた。ご亭主はそれを見て、

「女のくせに、よく食うなあ、色消しだね、まったく……」

としらけた顔をしたものだった。

それがいま女の茶碗が男と同じになった。どうやら、それが当り前のこととして通用するようになったらしい。娘のころから心の中で願っていた「男女同権」が、「男女同量」の茶碗にもあらわれたような気がして、私はやっぱり嬉しかった。

それから毎日、いそいそとその茶碗や湯呑を使っていたが、一カ月ほどたつうちに、どことなく身体の調子がおかしくなってきた。どうも胃が重い感じだった。

(……疲れているわけでもないのに)

そしてある日、どうやら新しいご飯茶碗のせいだ、と気がついた。

男女同量の茶碗は男の人にあわせてあるので、私は今までよりずっと大きいものを使っていたことになる。そのためについ、ご飯をよそいすぎてしまったらしい。私は昔の女として

はかなり大柄な方だけれど、夫に比べると身長も体重もかなりすくない。それを忘れて同じように盛っていたのは——無茶だった。少々調子にのりすぎた。今まであんまり病気をしなかったのは食事の量を自分にあわせてキチンとしていたせいなのに……反省過多症の私はすぐ、あれこれ考えた。

（ここがむずかしいところね。女の人が男の人と同じように扱われるようになったのは嬉しいけれど、誰でも何でも、男と同じになったと思いこむのはいけないのじゃないかしら。もちろん、男性より優れている女性も大ぜいいるけれど、人間はなんといっても個人差があるのだから。自分の体力、能力を冷静に見きわめないと、長い間かかってやっと手に入れた男女同権を生かすことが出来なくなってしまうかも知れない。私は夫と同じ大きさの茶碗を使っているけれど、さて、自分の健康を保つためには、その中にどのくらいの量をよそったらいいか——そこのところを私自身がよく考えて、キチンと決めなけりゃあ……）

夕食のあと、流しもとでその茶碗を洗いながら、私の想いはそれからそれへと拡がっていった。男女同量の茶碗の使い方はなかなかむずかしい。でも、やっと手に入れたのだもの、何とかして上手に使いこなしたい。

ご時世いろいろ

「あとさきチョロチョロなかパッパ、あかご泣くとも蓋とるな」

私が小学校へあがった頃、母はそう言ってご飯の炊きかたを教えてくれた。

はじめは冷たい水の中をお米をあやすような気持で、チョロチョロと弱い火を焚きつける。お釜が充分熱くなったら、火を強めてどんどん煮立て、やがて、ねっとりした〈おねば〉が一筋二筋ふき出してきたら、また火を弱める。

「お釜のまわりのおねばが乾きかかったらもう一度パッと火を強くして、すぐとめるんだよ。あとはしばらくそのまんま——早く早くと子供にせがまれても、じっと我慢して蓋をとらずに、よーくむらせということさ」

母の炊くご飯はプーンといい匂いがして、お米が一粒一粒立っていた。私たちはそれをおひつにうつしている母の傍に坐りこんでは、ほんのり焦げた釜肌のおむすびをよくねだったものだった。

藁《わら》か薪《まき》を燃して炊くのが一番いい、と言っていたけれど、ちょうどそのころ引っ越した家にはもうへっついはなく、ガスが引いてあった。

「しょうがないよ、これからはガスのご時世だからね。なんとか美味しいご飯を炊きたいって気持で工夫すりゃ、なんとかなるよ。ご飯がまずけりゃ、おかずだって引き立たないからね」

ガスの炎を強めたり弱めたりしていた。その工夫を根気よく仕込まれたおかげで、やがて私もどうやら上手に炊けるようになった。

いまは——自動炊飯器のご時世である。

かんじんの火加減が〈あなたまかせ〉では……としばらくためらっていたけれど、なんといってもその便利さには魅力がある。とうとう私も使うようになった。それでも、なんとか美味しいご飯を炊きたいと思うから、あれこれ工夫している。

お米は、なるべく粒がそろってふっくらしたものを選び、手早く洗う。水に浸してからぐずぐずしていると、ぬかの味がお米にしみこんでまずくなる。白水が出なくなるまで何度も洗ってから、笊《ざる》にあげ、二、三時間、水を切っておく。とぎたてのお米はまずいし、水に漬けておくと、ほとびてしまう。濡れたお米が笊の中で乾き加減になるくらいがちょうどいい。

食事の四、五十分前に炊飯器に仕込む。水加減は中の目盛りよりすこしひかえる。炊き上ってスイッチが切れたら、そのまま十五分ほどむらし、もう一度、一分間だけスイッチをいれ、すっかり水気を蒸発させて火をとめ、さらに十五分むらして、出来上り。

水滴がご飯の上におちないように、ソッと蓋をとり、しゃもじで上から下まで、ふんわりと外の空気を吸わせる気持でほぐし、蓋の下に乾いたフキンをはさんでおく。こうするとご飯が甘くなる。昔、おひつにうつしたのと同じ効果がある。

木のおひつは、ちょうどよく水分を吸いとってくれるから、冷たいご飯もそれなりに美味しかったけれど、炊飯器の残りご飯はいかにもまずい。うちではそれをボールにうつし、さめてから冷蔵庫へいれておく。翌日、蒸し器にいれて細い火でゆっくりふかし、フキンをかけてしばらくむらしておけば、けっこうおいしく食べられる。

私はこのごろ、残りご飯があればせっせと乾飯《ほしいい》をこしらえている。手を水で濡らし、温めたフライパンか、プレート板の上へご飯つぶをうすくひろげ、とろ火で、ほんのりきつね色になるまで焼きあげる。まるでレースのようなその焼きめしを笊にならべて、裏表半日がかりで陽に干せば、上等な乾飯が出来上る。缶に入れておけば、不意のお客に中華ふうおこげ料理もすぐさしあげられるし、なにかの折りには乾パンの代りの非常食にもなるだろう。

いまは食べ物に困らないご時世だけれど、いつ何がおこるかわからない。ご時世もいろいろ変るから——主婦は忙しい。

御御御つけ

昔、東京の下町では、味噌汁のことを「おみおつけ」と言っていた。

敬意をあらわす「御」という字を三つ重ねて、御御御つけ——おみおつけ、という婦人語が出来た、ということである（大言海）。

そうすると、とかく言葉づかいのぞんざいだった下町女が、これだけはとび切り丁寧な言いかたをしていた、ということになるのだろうか。

母も私も近所のおばさんたちも、そんなことは一向に知らなかったが、味噌汁という食物を、とても大切に思っていたことはたしかだった。みんな、なんとか美味しくこしらえようと一生懸命だった。亭主たちも、

「うちのかあちゃんがこしらえた奴を三杯ものめば、もりもり力が出てくるのさ」

と仕事場でそれぞれ自慢の鼻をうごめかしていたものだった。

そのせいか、今でも私のうちでは、おみおつけをかかしたことがない。朝、パン食だった日は、夕方のお膳にちゃんとのせる。

「味噌汁さえのんでいれば、タバコのニコチンはとけてなくなってしまうそうだよ」

夫の言葉どおりかどうかは別として、栄養になることはたしかだ、と私はおもっている。なにしろ原料の大豆は、畠のビフテキだそうだから……。

娘のころは、毎朝、入用なだけの粒味噌をすり鉢でゴロゴロすったものだけれど、この頃手にはいるのはこし味噌ばかりである。わが家では、防腐剤ぬきの甘、辛二種に八丁味噌を少量あわせ、雑魚《ざこ》とコブのだしでとかしている。

白く乾いたダシ雑魚の、銀色のあたまをはずし、二つに裂いて黒く固まったハラワタをとってしまえば、いくら煮ても苦味は出ない。二人家族なら、深めのお鍋にカップ三杯ほどの水、マッチ箱ぐらいに切ったコブ二、三枚、裂いた雑魚四つか五つを入れて中火で三分の二ほどに煮つめておく。

大切なことは、そのダシでといた味噌汁は、かならず、食べる直前に火にかけること。一度煮立てたものを、さめたから、と言って煮返せば、たちまち、匂いはなくなり味は落ちる。

家族の一人が、都合で先に食べるときはその人の分だけ別のお鍋でわかすようにする。蓋はしない。フツフツと煮立つや否や、火をとめ、手早く椀に盛る。そのころあいの煮加減が、味噌汁の命、ということである。

大根や里芋などの実を使うなら、ダシの中であらかじめ煮ておくこと。若布やおとうふのようなものは、用意しておいて、ガスにかけるときに入れればいい。油揚げとねぎ、春菊と椎茸のように、合性のいいものを二種類使えば、いっそう美味しくなる。

味噌の量は好みによる（普通、一人分大さじ一杯――一五グラム位とされている）。ふるえ上るような寒い朝はすこし濃いめに、ポカポカと暖かい日は、ちょっと薄い方がいい。ほかのおかずとの釣り合いも考えよう。老人にはすこし薄めに、と言っても、お椀の中に自分の眼の玉がうつるようでは、食欲がおこらないだろう。

こまかくきざんだ柚子の皮、掌で叩いた山椒の若葉、ときには二、三滴のしょうがのつゆ、七味などを添えれば、風味をます。

「インスタント味噌汁だって、いけるわ」

若い人にすすめられて、この間試食した。たしかに、私が想像していたより美味しかったが――しかし、フンワリ漂う匂い、まろやかな味は、手づくりにはかなわない。

どんなに忙しくても、これだけは毎日、心をこめてつくりたい。なんといっても、「御御御つけ」なのだから……。

一病息災

私はいつも寝起きが悪い。

毎朝、眼をさましたときは、身体がだるく頭が重く、とても起きられそうもない……そんな気がする。

ものごころついてこのかた、張り切って飛び起きたことのない私を、母は「赤ん坊のとき、ひどい百日咳をわずらったから、それで身体が弱いんだよ」と心配そうに言っていたけれど、その後べつに病気らしい病気をしたことはないから内臓は丈夫なのだろう。起きにくいのはどうやら生れついての低血圧のせいらしい。昔は血圧のことなど誰もあんまり気にしていなかった。

私の年で、いつも上が九〇台というから、かなり低い方のようだけれど——それが私の体質なら、それにあわせて生きてゆくより仕方がない。あれこれ考えて、なんとか自分の身体の機嫌をとりながら、うまく動かしてゆく術《すべ》を、いつとはなしに身につけた。

床の中であお向けになったまま両手をまっすぐ上へのばし、ヒラヒラと動かしているうちにだんだん頭がハッキリしてくる。それがすんだら両方の足首をかわるがわる上下に動かす。どうやら身体中の血が動き出したと思ったら、そーっと静かに起きあがる……それでめまいがしなかったら、もう大丈夫というわけである。

はじめはゆっくり、次第に速く……掃除をしたり朝食の仕度などしているうちに、いつか背すじもシャンとのびて、昨夜おぼえたはずのセリフもキチンと頭に浮かんでくるから、人間の身体は本当にうまく出来ている。

重い荷物を持ったり、坂をかけ上ったりすることはどうしても出来ないし、疲れすぎると眼がまわってしまうけれど、それは病気ではなくて体質のせいだと思っているから、あんまり気にしない。下町女の私には、そういう陽気で後生楽《ごしょうらく》のようなところがある。

〈更年期障害〉の苦しみを知らずにすんだのもそのせいかも知れない。なんといっても中年から老年へ移ってゆくのだから、身体のあちこちがおかしくなるのは当り前。僅かに残っていた若さと別れるのだから、気持の上では辛いけれど、特別な病気というわけでもないのだろう。更年期障害はノーサンキュー……と勝手に決めてセッセと働いていたらいつの間にかその時期がすんでしまった。仕事が忙しくて、とても休んではいられないときもあったけれど……。

〈病《やまい》は気から……〉という言葉を、私は半分だけ信じている。〈気〉だけでは治らない病気もあるのだから、むやみに張り切ってばかりもいられないこともある。そのときは医者の言うことをよくきいて、優等生的患者になるつもりでいる。

とにかく私は、低血圧とともに、まだしばらく暮してゆかなければならない。この体質は長く頑張ることが出来なくて困ることも多い。身のほど知らずに頑張りすぎると、たちまち、めまいのために引っくり返ることになる。でも、私のように調子に乗りやすい人間にとっては、この赤信号はかえって便利とも言える。

無病息災とはゆかないけれど、一病息災——低血圧のおかげで、いままで何とかやってこられた、ということになるのではないかしら。よかった。

きものと私

　その日の仕事やお天気次第で、ときには洋服を着ていた私が、和服一辺倒になったのは十五年ほど前からである。いまでは額から汗のしたたる土用にも、寒さで身体の縮む寒中にも、私はきものを着ている。ふだんもよそゆきも——いつも。

「不便じゃないんですか」

　若い人によくきかれる。たしかに、あがきは悪い。四十何年か前、映画女優になったころ、よく、東京と京都の撮影所をかけもちしたものだった。そのために汽車の寝台で一晩すごさなければならなかった時代である。早朝、他の乗客が眼をさまさないうちにそっと起き出して、床の汚れを気にしながら、長襦袢《ながじゅばん》、きもの、帯と一通りの身仕度が終ると、やれやれと溜息をついたものだった。

　この頃は新幹線でとんぼがえりをすることも出来るし、自動車、飛行機もごく身近かな乗り物になったが、おかげで世の中のテンポは眼がまわるほど速くなった。女の人たちは軽快な洋服で、その中を生き生きと走りまわっている。

若い、ということは素晴らしい。Tシャツもジーパンもいまではすっかり身についた。ミニもイブニングも光るような肌で見事に着こなしている。けれど私は……。なんとかして少しでも老醜をかくすために、つい和服にたよってしまう。身体の線がむき出しになる洋服に比べて、きものは、曲った膝、たるんだ胸をそっと優しく隠してくれる。

古稀をすぎても私は女優。そのときどきの役柄は別として、素顔は多少こぎれいにしておかなければ、ドラマの作者、製作者、演出家も、あの役者を使ってみたい、という気持をなくしてしまうかも知れない。何十年も毎日顔をつきあわしている家人への礼儀ということもある。若い頃から胴長で脚の短い私は、洋服を着るたびにまわりから、「三文下がった……」と言われたものだった。これ以上、下がりたくない。せめてきもので上手に包んで、中味のシガをかくしたい。

つまり、和服は私という品物にとって、一枚の紙――包装紙なのだから、分不相応な高価なものを使っては、却っておかしい。着ている当人も、それを眺める人も気にならないような、ほどほどのものこそ、包み紙の役目を無事に果してくれるという訳である。

地色や柄は、派手でも地味でもかまわない。齢にこだわることはない。

「アラ、あの人、もういい齢なのに……」

などと言われても、別に気にすることはない。大切なのは、現在の自分に似合うかどうか、ということである。

十年ほど前だったかしら。縞ものの好きな私は染見本の中でみつけた白と黒の棒縞がとても気にいった。ちょっと派手めだけれどよく似合った。あいにくいろいろ都合があって、一《ひと》越《こし》の縮緬《ちりめん》にそれを染めて貰ったのは、それから三年ほどたってからだった。

染めあがった反物をもっていそいそと鏡の前に立った私はドキンとした。六十の坂をのぼった女にとって三年の歳月は厳しい。

白と黒の縞がスッキリと仕上っただけに、いつの間にか深くなった額の皺が浮き彫りになってしまった。

(まるで、猿芝居のお富さんみたい)

苦笑するより仕方がなかった。そのまま、すぐ染め直してもらった。

縞の太さを半分にして、白を薄茶に、黒を鉄色にしたおかげで、今度は落ちついて鏡が見られた。あんなに気になっていた皺もシミも、なんとなく思慮深そうに見えたりしたから、おかしなものである。

「老女優の瞼の裏に焼きついているのは、いつも十年前の自分の顔さ」

そう言った演出家がいる。希望的観測は、衣類には通用しない。

江戸小紋も私の好きな柄である。江戸時代、諸藩の武士たちが裃《かみしも》につけた模様だと何かの本で読んだが、なるほど、渋くこまかく目立たないけれど、それぞれ意匠がこらしてある。

その後、長い年月を経ていまも残っている麻の葉、青海波、雪輪など、垢ぬけたものがたくさんある。色合いをちょっと現代ふうにして、一越や絽に染めてもらっても、色数がすくないから値もはらない。もともと古い柄だから、いまさら流行おくれになることもない。

平凡だからこそ飽きのこない、そんなきものを引き立たせるのは帯である。縞や小紋の上にはハッキリした単純なものがよく似合う。紫の無地の縮緬や、紺や茶に簡単な柄をのせた羽二重の染帯を私はよく使っている。

「きもの五十に、帯が百」

という昔の言葉がある。帯はきものよりも高い上等なものをしめろ、ということらしいが、値段はさておき、折角のきものを生かすも殺すも帯次第、ということは確かだとおもう。

新しい服をこしらえるときは、ブラウス、マフラー、ベルトまで慎重に選ぶ奥さま方が、和服となるときものと帯を別々に衝動買いすることが多いのは何故かしら。一つ一つがどんなに素敵でも、合性が悪ければ使いようがないのに。

それがわかっていながら、私もうちの大蔵省の都合で、きものは新調しても帯までは……ということがある。そんなときは、それに代る手持ちの帯があるかどうかよく調べ、もしなければ、どんなに気に入ったきものでもあきらめることにしている。釣り合わねば不縁のもとだから仕様がない。

結城《ゆうき》や大島はもともと常着《つねぎ》のはずなのに、近ごろは庶民の手の届かない高嶺の花になってしまった。ただ、こういう紬《つむぎ》類は洗い張りをすればするほど艶も出てしんなりと着やすくなるから、私は何十年も昔のものを大事に常着に使っている。その上にしめる帯は半幅もの。献上《けんじょう》や一本どっこを貝の口か男結びにキリリとしめれば、よく似合って働きやすい。

きものと帯の間にチラリとみせる帯揚げは目立たないほどの渋い水色、うす紫などが無難である。それに比べて、帯じめはキッパリと濃いめのものを結んだ方が姿全体がしまるような気がする。私はときには若い人のような派手な紫や錆朱《さびしゅ》をつかったりする。

半衿が白一色のようになったのは戦後のこと。品もいいし、すがすがしいが、下町女の私が白衿をつかうのは冠婚葬祭のときだけで、ふだんは何度かかけた白を紫、茶、からし色などに染め直しては、惜しげなくかけている。

近ごろはどんなものでも、びっくりするほどきれいに染めかえられるようになった。この間も、気に入りの麻の葉の小紋が派手になったので、粋な細縞に染めかえた。それを着ながら、

（あの麻の葉、どこへいったのかしら）

などと家中バタバタ探しまわっていたのだから、まったくそそっかしい。帯も、縮緬や羽二重の染帯なら、サッと姿かたちが新しくなって染め直しとはとても見えない。ただ、そううまくゆくのは、こしらえてから、四、五年までのこと。十年も二十年も着てからでは、あがりが悪くて、侘しいものになってしまう。

若いお嬢さんたちが和服を敬遠するのは、不便さのほかに、着つけの面倒さのせいもある

と思う。洋服と違って、どこからどこまで自分で格好をつけなければならないのだから、確かにむずかしい。所詮は、着慣れるより仕方がない。けれど、もし、

「そのほかに着こなしのコツは？」

ときかれれば、私は、

「気楽に着ること」

と答えるだろう。

高のぞみをしてはいけない。どんなに素敵な包装紙を使っても、それで包めば完全な美人になれる、と思うのは間違いである。ほんの少しだけ、きれいに見えればそれで結構、という気持で楽に着ること。なんとしてでもミス○○の標準寸法に近づきたい、とぐるぐる紐をまきつけたり、胸や腰に詰めものをしては、息苦しくて食べ物も喉をとおらない。はたの人も辛くなる。それでは美しく見えるわけがない。私は、

（まあ、せいぜいこんなところでしょう）

と初めからあきらめて、きものの中で身体が楽に動く程度に、低く腰紐をしめ、ゆったりと衿をあわせている。右と左の胸の厚みが違っているので半衿ののぞき方が少々おかしくなったりするが、気にしない。若いお嬢さんには、無理な心境かも知れないけれど……。

そんないい加減な着方のなかで、一つだけ気をつかっているのは肌着である。私は一年中、サラシ木綿のものを使っている。自分の首まわりにあわせて大きくくった細衿の肌襦袢と、

脚さばきのいい寸法のおこしを一度に五組ほど、暇をみて縫っておく。毎日ザブザブと洗っておけば、冬は暖かいし夏は汗を吸いとってくれて気持がいい。劇用の衣裳の下にもそれを着ているが、めったに着くずれしない。ナイロンのシミーズの上では、和服はすべって落ちつかない。

何年に一度か――鏡の前で仮り縫いして寸法を直すのは、年とともに体型が変ってゆくからである。着つけに何より大事なのは、肌着だと思っている。

なんにしても、きものは私が着るためにあるもの――きものを着るために私がいるわけではない。ふだんは脇役女優でも、きものに対しては私が主役。布地や柄の美しさに眼がくらみ、自分にふさわしくないものを着て、

(きもの何処へゆくお貞を連れて……)

などと、ふりまわされることのないようにと、せいぜい心がけている。

ふだんこそ……

毎朝、まだ眠い寝床からようよう抜け出すとそのまま鏡台の前に坐り、ともかく寝乱れ髪をとかすのが、長い間の私の習慣になっている。窓の鍵をはずすのも、縁側の雨戸を繰るのもそのあとのこと……。たぶん、幼いころから、母のそんな後姿をみていたせいだろう。

私は母のサンバラ髪をみたことがない。どんなに忙しいときも、おくれ毛だけはキチンとかきあげていた。弟を産みあげて、父にとっては名ばかりの妻になってからも、いつも自分で、こぎれいな〈おばこ〉に結っていた。うっすらと水油をつけ、ほんのすこし、前髪をふくらませるしゃれっ気も忘れなかった。

紅白粉《べにおしろい》は一生塗らなかったけれど、いくつになってもきれいな肌をしていたのは、朝晩ヘチマの水をつけていたせいではないかしら。夏になると、台所の前の四つ目垣にヘチマを植えていた。

「あんまりこぎたない格好をしていると、はたの人に気の毒だからね」

母のおしゃれは、まわりの人たちにいやな思いをさせたくない、という心づかいだった。

どうひいき目に見ても美人とは言えなかったけれど、いつもこざっぱりしていた。子供をかかえて苦しい世帯《しょたい》をきりまわしていたから、年中、地味な木綿縞ばかり着ていたけれど、こまめに手入れをするせいか、しおったれた格好には見えなかった。私はそんな母を、子供心に好もしくながめていた。

そして私も——朝から晩まで顔つきあわせている人たちにわびしい思いをさせないように、ふだんのおしゃれに気をつかうようになっていた。

二、三年前のこと——すこし派手かしら、と迷いながら、紬の着物をこしらえた。濃淡の茶の横段のところどころにピリリときかせた赤い線が気に入ったからである。

仕立て上りを早速テレビの稽古場へ着ていったけれど……やっぱり無理だった。赤の鮮やかさが顔の小皺にそぐわない。まるでまわりの若い女優さんたちになんとか負けまい、と肩ひじ張ってでもいるようで、われながらみじめにみえた。

それっきり、箪笥の底へしまいこんでいたのを、去年ふと思いついてふだん着にした。

「そんな新しいものを台所で着て……」

それをすすめた馴染みの呉服やさんがしきりにもったいながったけれど、裾みじかに着て半幅帯をキリリとしめると、それはそれでけっこうさまになる。とかく黒ずみがちな老夫婦二人の古い家も、派手な働き着のおかげで、どことなく明るくなったような気がする。

春になったら、こんどはあの緑の結城をふだん着にしようかしら……。

私にとっては高すぎる絣《かすり》だったけれど、思い切ってこしらえて、もう十年余にもなる。

「洗い張りをする度につやが出て、しんなりして——それが結城の値打ちですよ」

買うときにそうきいたけれど、もったいながって年に二、三回しか着ないのでは結城の本当の値打ちも知らずに終ってしまうだろう。さきは知れている。せいぜいふだんの暮しをたのしまなければ……。

今朝も私は例の紬に紫のたすきをかけて、セッセと居間の掃除をしていた。陽当りのいい縁側で、夫が蘭の手入れをしている。その横顔は気のせいか、機嫌よさそうに見えた。

……誰に見しょとて紅かねつきょぞ……。

七十媼《おうな》は、はたきをかけながら、口の中でそっとつぶやいた。

お洒落の代償

出先きから家へ帰ると、なにはともあれ着替えをして、脱いだものを始末するのが、私の長い間の習慣になっている。

きれいに洗った柔かいガーゼに揮発油をしめして、きものや長じゅばんの衿、袖口の汚れを丁寧に拭きとり、しばらくの間、衣紋竹《えもんだけ》につるして残っているぬくもりをとる。帯、帯揚げ、伊達《だて》じめ、腰紐も衣桁《いこう》にかけて、さぼしておく。

ドラマの中で、いつも美しいきもの姿を見せている女優さんが、

「私、自前は洋服ばっかりなの、だって和服は着つけがひと騒動だし、第一、あと始末が面倒ですもの」

そう言って首をすくめた。無理もない。和服は着るたびごとに自分で身体にあわせてかたちをととのえなければならないし、胸もとのあけ方、帯の位置にも微妙な工夫がいる。

それでも——着るときには楽しみがある。

(どうしたら、いい格好に見えるかしら)

やっと着終って、姿見の前で斜にかまえ、ポンと帯を叩くとき、鏡の中の私は、けっこう嬉しそうな顔をしているから、おかしい……いい齢をして……。

うんざりするのは、そのきものを脱いだときである。疲れていると——つい、溜息が出たりする。そのまま丸めて押入れに突っこみたいような気にもなる。

(でも、そんなことをしたら……)

うっすりと衿垢のついた皺だらけのものを着た、みじめな自分の姿を想像してあわてて、片づけはじめる。

衣紋竹にさぼしたものを、もう一度よく見ると、胸のあたりにポツンと小さいシミが出来ている。紅茶でもこぼしたのだろうか、それとも蜜柑のつゆだろうか……タオルの端を熱湯にひたし、かたくしぼって、何度も叩く。それでもとれない脂のシミは、揮発油で拭く。その日のうちなら、大抵のものはきれいにおちてしまう。

(……いいきものだ、って賞められちゃったわ……十年も前のものなのに)

ニヤニヤしながら、私は敷きゴザの上でキチンと畳んだ衣類を簞笥にしまう。

(……ま、仕方ないわねえ、手がかかっても——何しろお洒落のためなんだから……)

つかず・はなれず

住所録が、手ずれて汚れてしまった。

毎年、押しつまって賀状のことが気にかかる頃になると——来年こそ新しく書き直そうと思う。そのくせ、年が明けるとまた何やかや暮しに追われて、ついそのままになってしまう。

この名簿をこしらえて、もう二十年にもなるだろうか。初めの方に、その頃親しくつきあっていた人たちの名が並んでいる。その上に黒い線がひいてあるのは亡くなったお方である。その数が、この二、三年急にふえてきて——寂しい。

住所だけが赤で消してあるのは、転宅——二度も三度も書き直さなければならない引っ越し好きもいるし、手紙が返送されたまま、音沙汰なしの人もいる。新しいインクのあとは、近ごろのお知り合い。いただいた沢山の名刺のなかから、時折り、何枚かここへ書きうつしてきたのに、長い間にどの頁もいっぱいになってしまった。

お名前の横に鉛筆で薄く小さい○がついているのは、今年、賀状を出したしるしである。

毎年、消したり書いたりしているこの○がだんだん少なくなっているのは、それだけ、おつきあいの輪がちぢまっているということになる。

私は若いころから、どちらかというと、つきあいの悪い女だった。世間の常識からみれば、かなり派手な社会に長い間住んでいるくせに、人なかに出るのが苦手である。好まない。仕事がすめばすぐ、仲間の群からスルリと抜けでて、そっと自分の砦に帰ってしまう。帰巣本能が強い、とよく冷やかされたものだった。外ではめったにお茶ものまず、食事もしない習慣を、我ながらすこしかたくなな、とも思うけれど……相手を傷つけずに自分の生き方を守るためには、それが一番無事なやり方だということを、身にしみて知っているから……つい、そうなってしまう。

連続ドラマに出演すれば、三カ月から半年、ときには一年近くも、同じ人たちと顔を合わせることになる。人間同士の愛憎を鋭く描き出したシナリオどおり、感情をこめて演じているうち自然に情がうつり、撮り終ればホッとしながら寂しいこともある。打ち揚げの宴で泣き出す新人もいる。そんな可憐な姿をみると、こちらも、

(このきびしい芸能界の荒波の中で、この可愛いお嬢さんが、これからどうなってゆくだろうか……)などと、胸があつくなったりもする。

ときにはベテランと言われる人が、

「みんなで会をこしらえて、これからもときどき逢おうじゃないか」

などと言いだしたりする。

でも私はそんなとき、いつも黙って微笑むだけで、仲間にはいろうとはしない。

あれはいつのことだったか——大作映画に出演した五人のスター女優が、その後、毎月一回集《あつま》って食事をしよう、と約束したらしい。お互いに持っているかぎりの力をぶっつけあって素晴らしい画面が出来上った感動が忘れられなかったからだ、という。

けれど、全員が集ったのは、その翌月だけだった。半年後、二度目に集ったのは二人だけ——そして、その会はそれでおしまい。その後、ほかの仕事で顔をあわせても何となくしらけて、むしろ、以前より遠ざかってしまった、という。

その集りの中心になっていたスターは、

「あんなに固く約束したのに——ひどいわ。みんな忙しい身体だから、仕方がないとは思うけれど……」

と嘆いていたが、私は、

(忙しくないからこそ、集りに出るのが辛い人もいたのじゃないかしら……)

心の中でそう思った。浮き沈みのはげしい俳優のつきあいには、そんなむずかしさもある。

「役者というのは一生、修羅に身を焦さなければならない因果な商売だよ、そのことをチャンと覚悟しておくんだね」

昔、有名な芝居茶屋の女将《おかみ》が、若い役者たちにいつもそう教えた、という。

この頃は世の中の仕組みが複雑になったせいだろうか——修羅の炎が燃えているのは俳優

たちの間とは限らない。まさかと思うような高尚な世界にも、その火に身を焼く人が沢山いる。

「自由競争の社会ですからね、我々だってそうなるのが当然ですよ」

知り合いの若い歴史学者が、肩を張ってそう言っていた。

家庭の主婦たちにもそんな気持がうつってしまったのだろうか。夫の会社での身分から子供たちの学校での成績まで、なんとしても他の人に負けまい、と無暗《むやみ》に張り切る人が多い。

そのくせ、人間はやはり弱いもの——心の隅ではやすらぎを求めて、

(安心して何でも話せる友だちが欲しい)

そう願っている。

ある日フト、自分にやさしい人に出逢ったりすると、たちまちのめりこみ、

(この人こそ信頼出来る。もっと親しくなりたい。もっと私を分ってもらいたい……)

とあせるのはそのせいだと思う。

せっかちに、いろんなことを求めすぎるから、ちょっとした感情のゆき違いにつまずいて、まるで奈落の底へおとされたような辛い思いをする。以前、新聞の身の上相談をしていたとき、

「姉妹よりも仲よくして気を許していたご近所の奥さんに裏切られて……」

そういう嘆きの多かったこと……。

お互いに求めすぎれば、傷がつく。親子兄弟、親戚の間にも、その悩みはつきまとう。血が通っている、縁がつづいている、という甘えがあるから、つい相手の心の襞《ひだ》の間にまで踏みこんだりする。あげくの果てに取り返しがつかないほど、傷が深くなってしまう。

「つかず、はなれずが一番さ」

私が子供のころ、下町女はよくそう言った。とかく、お人好しでおせっかいなおかみさんたちが、自分を戒める言葉だった。このごろ、折りにふれてはそれを思い出す。

来年こそ、住所録を新しくしよう。もう少し薄く、もう少し小さい方がいいかも知れない。

みなさん、どうぞ、私のつきあいの悪さをお許し下さい。

「つかず・はなれず」

というのは私にとって、

「ご無沙汰をしておりますが、決して忘れてはおりません」

と、いうことなのですから……。

あきていませんか

　親しい友達が、炬燵がけを持ってきてくれた。東北旅行のお土産である。

「ここのうちの趣味にはあわないかも知れないけれど……ちょっと面白いから……」

　気にいらなければそう言える間柄である。

　雪の深い山の中で、米寿に近いお人が何カ月もかかって織った、という話をききながら包みをほどいて、アッと思った。

　赤、青、紫、黄に茶に緑。原色に近い糸を気のむくままにとりまぜて織りあげたあでやかさ――太い額縁の眼にしみるような真赤な木綿は、秋田おばこのたすきに似ている。

　私は居間を見まわした。座椅子、座蒲団は銀ねず、薄茶。真中の切り炬燵にかかっているのは納戸地《なんどじ》の蒲団。渋い京壁にかこまれて、なにもかも年よりの部屋らしく、落ちついている。

「この部屋に、これをおいたら、どういうことになるかしら……」

　思い切って炬燵の上へパッと拡げると、あたりが急に明るくなった。派手ななかに、ひなびた可憐さがあるせいだろうか。気持のいい若々しさが匂うようで、嬉しくなった。

お土産は喜んで貰うことにした。

夕方、帰宅した家人は居間にはいると、一瞬とまどったように眺めていたが、「フーン、気分転換というわけか。この部屋もすこしあきていたからね」と機嫌がよかった。

そう――私もほんとうは飽きていた。家具調度の渋さは自分たちの好みだったのに、長い間、その中に坐っていると、なんとなく変化が欲しくなっていた。あきる――というのは（十分に満足して、それ以上続けることがいやになる――新明解国語辞典）と、書かれている。

たしかに、人間の心の中には、そういう気持がある。それなのに、自分でそれをみとめようとしない人が多い。あきられた相手が悲しむとわかっているからだろう。あきるというのは、うしろめたい気持である。

永遠の愛を誓いながら、いつの間にか離れていってしまった恋人を恨んで泣いた人が一体どれほどいるだろうか。昔は女性が多かったが、いまは男性も同じ思いをしているらしい。お互いに自由を尊重し、自分の気持に忠実に生きる時代になったせいだろう。

それでも、別れるときには、あきたと言わず、ああの、こうのとその責任を相手に押しつけようとする人がいるけれど……そういう言い訳は互いの傷を深くするばかりではないかしら。悲しいことだけれど、

(人間はあきる動物)という本性をいさぎよく認めた上で、なんとか気分転換をするように心がけるより、仕方がないような気がする。

恋愛、結婚、仕事のような人生の大事についてだけではない。毎日のささやかな暮しの中でも、その心づかいをかかしてはいけない……そういうことに私が気がついたのは、もう、かなりの齢になってからだった。

長い間生きていると、いつの間にか自分なりの暮し方が身について、今日も明日も、つい同じことをくり返してゆく。そのうちにドンヨリと気持がよどみ、しまいには砂を嚙むような味気なさに気がめいってくる。

もし、それに気がついたら、どんな小さなことでもいい、とにかく目先きをかえることである。

毎朝、鏡にうつる自分の顔を、見あきたと思ったら、ちょっと髪型をかえてみる。無理に流行にあわせなくても、若づくりをしなくてもいい。まげの位置、はえぎわのわけ方一つでも感じが変り、家人との間にフト新鮮な気分が漂ったりする。

うちでは、ときどき食堂のテーブルの向きをかえる。いつも右手のガラス戸からチラリと見ていた何本かの竹を、真正面から眺めるのも小さい変化になって、お茶が美味しく思えたりする。安物の絵や花瓶まで、いつも家の中を移動している。

私が献立日記をつけるようになったのは、毎日、同じようなものをこしらえないためだった。和食、洋食、中華風――とまがりなりにも変化を忘れなければ、料理人の腕のつたなさもなんとか誤魔化すことができる。

せまい台所でトントンと肉を叩いていると、私はフト子供のころ、帝劇の女優劇で見た「コロッケの唄」を思い出す。新婚夫婦の喜劇で、背広にカンカン帽の、そのころ流行のサラリーマン姿の夫役が、ステッキをふり回しながら唄っていたっけ、

「ワイフ貰って、嬉しかったが、
いつも出てくるおかずがコロッケ、
コロッケ、
今日もコロッケ、明日もコロッケ、
これじゃ年がら年中、ウィー、コロッケ」

そんな歌詞だった。なぜかその唄が当時の帝劇の観客――紳士淑女にうけて毎日大入りだったらしい。その頃の子供にとってコロッケはかなりのご馳走だったから、私はうらやましかったが、食傷している人も多かったのかも知れない。なにしろ、人間はあきる……から。

わが家の居間は、炬燵がけのおかげですっかり雰囲気が変った。そのうち、書斎もなんとか模様がえをしよう――そんなことを考えるだけでもけっこう楽しくなってくるから面白い。

東北の静かな山の中ではた織り台の前に腰かけているお年寄りは、あの虹のようであでや

かな色糸をさばくことで、毎日の単調さを上手に破っていられるのではないだろうか。

私も、残りの人生を生き生きと暮したい。あきないように……なんとか一生懸命、工夫して……。

念には念を

聞き違いや思い込みは人間、誰しもある。

けれど、だから仕方がない、というわけにはゆかない。そのために人に迷惑をかけること も多いのだから……。

私は生れつきそそっかしく、相手の言うことを半分きいて、

「ハイ、わかりました」

などとのみこんでしまう悪い癖がある。

女優になって間もない頃、撮影所九時集合と撮影九時開始をきき違って、みんなに迷惑をかけたことがあった。

九時開始なら、八時に撮影所へ行かなければ、化粧や髪、衣裳の仕度の時間だけみんなを待たせることになる。前の晩の、係の人とのやりとりを繰り返してみても水かけ論。念を押さなかった私の失態である。それからはキチンとたしかめるようになった。

「だって、今までいつもそうやっていたのだから……」

その言い訳は、大ぜいで一緒に働く世界では通用しない。相手も代るし、事情もちがってくる。失敗を重ねるうちに、用心深くなってきた。年のせいかも知れない。会社や銀行などに大事な電話をかけたが、相手が留守のことがある。そんなとき私は、言づてをお願いした方に、こう言う。

「大へん失礼ですが、あなたのお名前を伺わせていただけないでしょうか」

こちらを信用しないのか、と不快にお思いになる方もいらっしゃるかも知れない。申し訳ないと思う。（でも、こうした場合の言づては、確実に相手のところへ届きますよ）

あなたへの贈りもの

贈りものを選ぶのは、なかなかむずかしい。

とてもお世話になった方へのお礼心とか、あるいは、あの人をぜひよろこばせたい、という厚意で贈るのだから、相手が気持よく受けとって下さるものでなければ、意味がない。

長い間の戦争で、食べるものも着るものもなかったころに、一本のミシン針、五個の角砂糖をいただいたときの嬉しさを私は今も忘れない。けれど——もののあり余っている今日、何を贈ったらこちらの気持が通じるだろうか……お中元、お歳暮の季節になると、あちこちのデパートから、眼のさめるようなきれいな色刷りの分厚い広告が郵送されてくるが、いつも、その前に坐って考えてしまう。

自分が、とてもしゃれていると思った衣類も、相手のお好みにあわないかも知れないし——ご家族がすくないのに、むやみに食べものを贈るのも却ってご迷惑だろう——大きすぎる家具はお邪魔に違いない……。やっと——これなら、あの方にピッタリというものをみつけても——値段がこちらのてにあわず、しょんぼり引き下がることもある。

むかし、私の育った下町では、そんなとき現金を贈る習慣があった。

「何をさしあげていいかわかりませんので、気持だけお贈りします。お好きなものをお買いになるときのたし前にして下さいまし」

というわけである。何人かが、それぞれのふところ工合によって、出しあうこともあった。

「松の葉」

などと袋の上に小さく書くのは——道ばたに落ちている松葉ほどのささいなもの、という意味である。

「気は心ですから……まあ、かんにんして下さい」

と、照れくさそうに、そっと出したものだった。

この間、ちょっとしたお世話のお礼に、そんな袋を渡されておどろいている奥さんに逢った。贈った人は私と同じ下町育ちである。ほんの僅かな金額だからこそ、かえって、

「失礼な……」

とお思いになったらしい。私はつい、弁解をしたくなった。

「決して、あなたを軽蔑しているわけではないんですよ。下町にはまだそんな習慣が残っているんですよ。喜んでいる自分の気持を伝えたいけれど——何がお気に入るかわからない——これを、お好きなものと引き換えて下さい、ということなんです」

つまり、商品券と同じことだが——現金の方が面倒くさくなくっていいじゃありませんか、

という単純な気持なのである。

私の家は、つましい芝居ものだったが、針箱の下の引き出しには、いつも新しい祝儀袋がはいっていた。母は、たしないへソクリを僅かずつでもその中に入れ、出入りの人たちに気前よく渡していた。あのご祝儀の中味は、商品券代り、とはまたちょっと違っていたように思う。言ってみれば、それぞれの暮しのたしだった。

母に言わせれば、

「みんな苦しい人だからね、すこしずつでも余裕のあるものは、足りない方へ渡すんだよ、そうしないと、流れが悪くなるからね」

なんの流れか――よくわからなかったが、とにかく、渡す方には毛ほどの恩着せがましさがなく、受けとる方も卑屈さがみじんもなかった。贈りものは、いつも陽気にやりとりされていた。

それにしても、この頃は――やっぱり現金のやりとりには気まずさが残るという人たちが多い。世間がなんとなく豊かになり、みんなが中流意識を持っているらしいから、当り前かも知れない。

それなら、せめて……何だって贈ればいいでしょう――というような心ない品物のやりとりだけは避けたい。新婚家庭だからといって、紅茶茶碗にスタンドばかり何組も貰ってはウンザリすることだろう。

むかし、偉い坊さんが「いい友だち」の第一に「ものくれる人」をあげているが——あれはきっと、心のこもった優しい贈りものをしてくれる人のことを指しているのだろう。

そういう素敵なお友だちに対しては、私は当分の間、お返しをしないことにしている。いただきっ放しで申しわけない、とは思っても、それに見合うだけの品物を、こちらもすぐ贈るのは、負けずにサッと切りかえすようで味気ない。いずれ、何かの折りまで、そのご厚意をそっと胸の内で温めておきたい、と思うからである。

ひなたの雑草

「ほどほどに……」

むかし、東京の下町で大人が若いものをたしなめるとき――よくそう言った。

遊び呆けた息子が夜更けにわが家の格子戸をそっとあけると、寝まきの母親が、

「ほどほどにしておくれ」

と、小声で言った。

おだてられて調子にのった職人が、つい声高に自慢話をはじめると、後から親方に、

「ほどほどにしろ、このスットコドッコイ」と、怒鳴られた。

むやみにお饅頭を食べる子供も、紅白粉が濃すぎる娘も……そう言われた。

飲みすぎてお得意さんをしくじった弟子にも、賭けごとで、とんでもない借金を背負いこんだ店のものにも、目上の意見は同じこと……ほどほどに――である。

聖人君子になれ、というわけではなし、家名をけがすな、財産をへらすな……ということでもない。もともと、名誉もお金も持っていない人たちである。世間体を気にしてブツブツ

言うはずがない。本気で自分たちのことを心配してくれているのだ——ということは言われる方が知っている。だから、

「そんなにうるさく言われちゃ窮屈でたまらない、放っといてくれ」

などとすねる若ものは、めったにいなかった。

そんな世慣れたご意見番が、

「分相応に……ほどほどにしろ」

と言うときは、

（人間には福分というものがある。それ以上むやみやたらに欲ばって、ジタバタしたって、ムダなことさ）

という意味である。福分とは、もって生れた好運の程度のことを言う。

下町の人たちは、自分の身分が低いから、といって卑屈にならなかったし、稼ぎがすくないことを、格別嘆きもしなかった。それぞれに——足りるを知って……サラリと明るく生きようとしていた。

たしかに、貧乏もほどほどなら結構たのしい。

毎日の食べものがなく、着るもの寝るところに困るのは、悲しい。と言って、年中ありあまるものにかこまれ、押しつぶされそうになっているのも、侘しいことではないかしら……。

（欲しいなあ、あの机……）

長い間、近所の道具屋の前を通るたびに、横眼でみてはそっと溜息をついていた古い机を、稼ぎためた小遣いでやっと買ったときの嬉しさ……ドキドキするような満足感を知らない人は、気の毒だと思うけれど……。

私は、ひなたの雑草だった。路地裏だけれど、そこは一日一度は陽の当る場所だった――貧しくても、親がチャンと食べさせてくれたのだから。ただ――通行人に踏みつぶされないために、ボンヤリしてはいられなかった。おかげで耐えることを知り、なんとかこうして生きのびてきた。

ほどほどのしあわせで、ほんとうによかった――と、私はいまでも思っている。

チグハグな会話・感覚

あれは、終戦後、四、五年のころだったかしら。

街で若い女優さんと同じバスにのりあわせた。撮影所でときどき顔は見ていたけれど、話をしたことはなかった。

近くで見ると、ちょっとおでこで利口そうだし、色が白くて可愛らしい。年は十九、女優になって二年目だが、いつも群集ばかりだという。

「ついてないんです」

としょんぼりしていた。

これから英会話を習いにゆくところだそうな。バレーと声楽の個人教授もうけている、ときいて、私はすっかり感心してしまった。

「たいへんだろうけれど、辛抱して一生懸命おやりなさいよね。なんでも身につけておけば、いつか、きっと役に立つときが来るわ。俳優というのはね……」

いじらしい娘さんを励まそうと、ついくどくどと言ってしまった。

黙ってじっと聞いていた彼女がフッと顔をあげた。

「でも……いつかじゃおそいんです。若さはすぐなくなっちゃいますもの。若さのない女優なんて……」

言いさして、チラッと私を見たが、

「……英会話やバレーなんか、別に身につけようなんて思っちゃいません。——ただそういうことをやっている、っていうことが偉い人たちの耳にはいれば——熱心だとか、面白いとか噂になって、チャンスをつかめるかも知れませんからね、宣伝だとおもって高い月謝を払っているんです、無理をして……ア、次で降りなきゃ……」

立上ってから、身をかがめて私の耳に囁《ささや》いた。

「時代が変ったんですからね、昔みたいにコツコツやってちゃおいてかれますもの……じゃ、お先きに」

颯爽としたうしろ姿だった。

呆然と見送った私は、やがて悄然とした。

(なるほど……世の中は変った——私の役者心得は、もう古いのかも知れない)

ショックだった。

それから三十年あまり——いろんなことがあった。

あるテレビ映画で、人気スターが芸妓になり、長唄・岸の柳のさわりを弾く場面があった。

私は傍でそれをきき、そのバチさばきを賞めそやす老妓役だった。

当日、スタッフをさんざん待たせてセットへはいった彼女は、いかにも売れっ子らしく、きれいで明るく、花のようだった——いきなり前におかれた三味線をギターのように抱えたので、私はハッとしたが、当人は、

「なんだかむずかしそうね——こんなもの、持ったこともないんだから……」

と笑っている。私は心配になって、

「あなた、三味線の名手ってことになっているんだから——弾き方だけでも習ってくればよかったのに……」

ところが、それを慰めてくれたのは彼女だった。あべこべである。

「大丈夫、大丈夫。音はどうせ専門家があとでいれてくれるんだし、私がうまく弾いているように映すのは、演出家の仕事なんだから——ね、そうでしょう?」

なるほど、その通り。わきの老女優が余計なことを言う必要はなかった。出来上ったそのシーンは彼女の美しいアップ多用で、なんとか、つながっていた。古い役者はまったく、つまらないことに気をつかう……。

映画のロケで、私が膝にケガをしたときもそうだった。

一日だけ休ませて貰ったが、二日目には足をひきずって撮影所へ行った。あと二、三日で完了するのに、公傷だからと言って、おちおち休んではいられなかった。

その姿を見て、娘役のスターが不思議そうな顔をした。

「なぜ、もっとゆっくり休まないんですか」

「……だって、みなさんに迷惑をかけるから……」

「あら、みんな、今日も休みだろうって、楽しみにしていたんですよ」

「……でも、封切りが間に合わないと困ると思って……」

「いやだわ、そんな心配はプロデューサーがすることよ、それがあの人たちの役目じゃないの、私たちに関係ないわ」

まことに——その通り……。

「それにさ、膝が痛いのに我慢して芝居して、下手に見えたら、自分が損しちゃうじゃありませんか、そうでしょう?」

若い人の発想には思いがけない新鮮さがあるし、たしかに一つの理屈がある。ただ、それが一つ一つバラバラで、私のような老女には——どうも、のみこめない。

テレビのスタジオドラマで、大スターがニューフェイスに言いこめられた、という噂をきいた。

妹役に抜擢された新人が、どうもうまくゆかず、まわりがイライラしだした。たまりかねた姉役のスターが、

「そこは、こうやったらいいんじゃないかしら」

と、そっと注意したら、

「あなたと私は年齢も違うし、肉体的条件も違うんですから、余計なことを言わないで下さい」

とピシャリと決めつけられた、ということである。

たしかに——そう言えばそうかも知れない。けれど——その言葉の中には、なにか一番大切なことが失われているようで、なんともしらける。

毎日の暮しの中でも、そんな——胸の中を風が吹きぬけてゆくような思いをさせられることが……多すぎる。別荘、マンション購入のおすすめから、利殖のお知らせ、荷物の配達、間違い電話のものの言い方、考え方など、なにもかも自分本位の押しの一手のあつかましさには、つい、ムッとしてしまう。

けれど——人間は怒ると血液が酸性になる、ときいている。なんとか、アルカリ性にしておかないと、引っくり返ったらそれこそ大へん。なにしろこちらは、長生きしすぎてくたびれている老人夫婦である。

さんざん考えたあげく、私たちはせいぜい外国旅行をすることにした——と言っても、現実に飛行機に乗るわけではない。あたまの中のだけの空想旅行である。

つまり、カッと怒りたくなったら、

（いま、私たちは遠い外国にいるのだから、仕方がない）

とあきらめるわけである。考え方も感じ方もまるで違う人は、私たちにとってガイコクジンである。言葉もわからないし風習も違うのだから、心が通じないのは当り前。べつに、怒ることはない。

「なにしろ、ここはスイスですからね……明日はデンマークへゆきましょうか……」

顔見合わせてニヤッとすると、不思議に心がしずまるから——おかしい。精神療法ということかしら。

テレビで美しい国を紹介してくれるたびに、あちこち旅行先きをかえていたが、いつか、ＮＨＫのシルクロードの少数民族の暮しを見ているうちに、フト気がついた。

日中四十五度にもなるというタクラマカンのきびしい自然の中で、玉《ぎょく》を探したり、干し葡萄をこしらえているウイグル族の陽気でたくましい暮し方をみているうちにだんだん引きこまれるようになるのは、何故だろう。言葉は一言もわからないのに——なんとなく心が通じるような気持になってくる。私たちのまわりから失われた、人間の相手をいたわるやさしさ、温かさが、そこにはチャンと残っているような気がして……。

こんなところへ——ほんとうに外国旅行がしたくなった。

私のお弁当

テレビドラマの収録が思いのほか捗《はかど》らず、夜半、一時二時をすぎることがある。そんなときでも、私は家へ帰るとまず台所に立ち、空のお弁当箱の始末をする。いくら疲れているからといって、塗り物を一晩中水につけておくわけにはゆかない。ぬるま湯で丁寧に洗い、乾いたフキンでよくふいて食卓の上へ並べて……さて、

「あーあ、今日の仕事はくたびれた……」

とホッとするのが習慣になっている。

その面倒みのよさのおかげで、私のお弁当箱はもちがいい。赤、青、黄のうるし塗り三つ重ね。おかもち型や半月の春慶塗り。丸型や小判——たっぷり大きいのや、ほんの虫おさえの小さいものなど……それぞれ違う七組の塗り物の中には、もう二十年あまりも使っているものがいくつかある。

仕事がおそくなるはずの日、私はいつも籐《とう》の籠に、番茶の魔法瓶と手製のお弁当をいれてゆく。朝、それを用意するために一時間ほど早く起きなければならないけれど、おっくうだ

と思ったことはない。生れつき低血圧の私は、台所中バタバタしているうちにすこしずつ血のめぐりがよくなってくる。なにしろ役者という職業は、とにもかくにも現場へゆき、タイムカードをおせばいい、というものではない。その役らしく扮装をととのえ、演出どおりチャンと動き、台本どおりキチンと台詞を言える状態でなければ仕事にならないのだから……お弁当ごしらえは、寝起きの悪い私にとって、ちょうどいい準備運動ということにもなっている。

私たちは、身体のほかに元手がない。私のようにあんまり丈夫でないものが、食べものをいい加減にしていたら、その元手はたちまち、すり減り、つぶれてしまう。

そのくせ、あれこれ神経をつかうことが多いから、つい食欲がなくなりやすい、齢をとれば尚更のこと。それを自分でだまし、すかして、箸をとる気にさせるためには、見た目に美しく、香りもよく、味も好みのものばかり、しゃれた器に手際よく盛りつけた「私のお弁当」でなければならない。

むかし、六代目菊五郎さんは、舞台に出る直前に弁ものをかっこんでいる若い役者を、

「バカ野郎、腹いっぱいでいい芝居が出来ると思っているのか……」

と怒鳴りつけたという話をきいた。

そう言えば、私が弟の付き人で浅草の小屋へ通っていたころ、楽屋で、

「腹の皮が突っぱって……眼の皮がたるんで……」

と古い役者が、夢中でおすしなど食べている子役の傍で囃《はや》していた。食べすぎるな——とたしなめていたのだった。

自分が役者になってみて、それが改めて身にしみた。空腹すぎてもイライラして具合が悪いが、食事をしてすぐライトにあたったりすると、ボーッとしてセリフを忘れ、間《ま》をはずし……ときには眠気がさしたりしてとんでもないことになる。こわいこと……。

「猿まわしは、どんなに猿を可愛がっていても、芸当をする前には決して飯をくわせないそうだ」

と、父も言っていた。

だから、食後はしばらく休んで……と思っても、決まった休憩の混み合う食堂では、注文したものが来るまで時間がかかる。

「私のお弁当」なら、お好きなときにお好きなだけ……というわけである。

大きい声では言えないけれど、私にとってお弁当は、ほかにもちょっと意味がある。

何カ月もの長いドラマに出演すると、若い人たちと毎日のように顔をあわせることになる。お互いに役から離れてホッとするのは食事時間だけ……。そんなときイソイソと食事に出かけようとする息子や娘、嫁役の人たちが、フト老け役の私に気をつかったりする。

「沢村さん、今日は何を召し上りますか？」

私はやさしく首を振る。

「ありがとう、でも、私持ってきたから」

「ああ、かあさんはお弁当ね……じゃ」

パタパタと駈け去るうしろ姿の嬉しそうなこと。無理もない、せめてご飯のときぐらい、若いもの同士、勝手なおしゃべりをしたいだろう。古すぎる先輩の顔色なんか見ないで……。こちらもご同様である。無理して若い人に調子をあわせ、ハンバーグやギョウザをモグモグしながら、チンプンカンプンわからないニュー・ミュージックの話に、なんとなくクリスタルな顔をするような——そんな気骨の折れるおつきあいはご免を蒙りたい。何しろこちらは明治ですからねえ。

さて、ひとり個室に坐り、ゆっくりお弁当の風呂敷をひらくのだが……その中味が、問題である。

もし、固く冷たいアルミニュームの箱に、昨夜の残りものが邪慳《じゃけん》に放りこんであったとしたら、老女の胸はキュッといたんで、

(なによ、私ひとりおいてきぼりにして……セットじゃ一目おいているような顔をしているけれど、しょせんは逃げ出したいんでしょう……)

などとブツブツ——哀れにぼやくはめになる。けれど、私はいつも機嫌がいい。朱塗りの三段重はつやよく磨きあげられて、手ざわりが暖かいのだもの。

一番上には好物のお新香——ほどよくつかった白いこかぶと緑の胡瓜。傍には黄色も鮮や

かな菜の花づけ。銀紙で仕切った半分には蜂蜜をかけた真赤な苺の可愛い粒。中の段には味噌づけの鰆《さわら》の焼物。その隣りの筍と蕗、かまぼこはうす味煮。とりのじぶ煮はちょっと甘辛い味がつけてある。上に散らした小さい木の芽は、朝、庭から摘んだばかり……プーンといい匂いがしている。隅にはきんぴらの常備菜。下の段の青豆ごはんがまだなんとなくぬくもりがあるような気がする――これが塗りものの功徳というわけ。

(どう？　ちょっとしたものでしょう、このお弁当は……)

姑《しゅうとめ》役の古い女はニンマリと得意げに塗り箸をとり出して、まず魔法瓶から香ばしい番茶を一口。

美味しいものを食べると、人間はやさしい気持になる。こういうとき、食後の芝居はみんなとイキがあってうまくゆく。

「このお弁当、みんな一人で食べるんですか？」

この間、誰かが心配していた。腹六分目と決めている私にしては、たしかに量が多い。たっぷり二人前はある。つまり、これは、料理好きの癖の一つ――どうもひとに食べさせたがる。結局、私のマネージャーはたびたびお相伴《しょうばん》させられている。

ずっと前、NHKの「若い季節」という番組で一緒だった黒柳徹子さんは、そのお相伴をとても喜んでくれた。局で顔をあわせると、セリフをあわせる前にまず、

「ね、かあさん、今日のおかずはなに？」

といつも興味津々。食事どきには当然のように私の部屋へ……。ある日、ほかの番組に出ていた津川雅彦君を突然つれてきて、

「今日は特別に、私の権利をこの人に譲ってあげたの」とすましているのだから……まったく。

ここのところしばらくその機会がないが、またいつか、チャックと一緒にお弁当を突っつきたい。食いしん坊同士——楽しんでくれる人とわけあうのが、本来のお弁当の意義なのかもしれない。

どうやら、役者というものは、猿と猿まわしの二役をかねなければならないらしい。私という猿が上手に芸当をするように——私という猿まわしがいつも美味しい餌を用意して、時間をはかって、適当に食べさせなければ……。

さあ、明日も早くおきて「私のお弁当」をセッセとこしらえることにいたしましょう。

お師匠さん

うちの台所の戸棚には、料理の本が二十何冊か並んでいる。

どれも私が長いあいだ大切にしているものばかりだけれど、毎日毎晩、つい濡れた手や塩気のついた指でめくったりするものだから、うっかり汚してしまって、それぞれ、二度、三度買い替えている。

毎日なんとか目先きの変った料理をこしらえたいと思っているけれど、和風、洋風、中華風——星の数ほどあるというのに、材料、手順から味つけの分量まですべて暗記するのはむずかしい。私は生れつきそそっかしくて、かなり手慣れたはずのものでも、どこかしら思いちがいをしていたりする。

だから料理にかかる前に、かならずそのページをひらくことにしている。

一通りたしかめたら、必要なことはメモに走り書きする。五人分としてあるものを、二人分だけこしらえるときなど、材料から調味料までちゃんと換算しておかないと、途中で電話もかかれば押し売りも来る。頭でおぼえているだけでは心もとないし、お鍋が煮立ってから、ええと、お醬油は……五人分で大さじ二杯だから……二人分だと……、などと首をかしげていては間にあわない。

私はいつも、こうして準備したメモを調理台の端におくけれど、結局はほとんど見なおすこともなく料理は出来るから、おかしい。たぶん、紙に書く、ということで、頭にハッキリきざみつけられるせいだと思う。これは、役者がいそいでセリフをおぼえなければならないときのやり方に似ている。どうしてもおぼえにくい言葉は台本の端に大きく書くと、大抵の場合、うまくいく。

うちではいつも、本に載っている味つけの分量より、砂糖をすくなくしている。私の夫は下戸《げこ》で甘いお菓子に目がないくせに、煮ものの甘ったるさを好まないからである。

だって、この本に砂糖茶さじ山二杯としてあるから……、とこだわって、せっかくこしらえた高野どうふのオランダ煮をそっくり残されてしまったことがある。味は食べる人のお好み次第――それ以来、本を読みながら、自分なりの工夫や応用を大切にするようになった。

毎日うちへ手伝いに来てくれる若い娘さんは、とても明るい働き者だけれど、「お料理はしたことがないし……出来ません。だめなんです」とあとずさりして、おぼえようとはしなかった。

それなのに、このあいだ私の留守に、こいもととりの照り煮をちゃんとこしらえておいてくれた。とてもおいしかった。その一週間ほど前、その本をよく読ませてから、眼の前で私がこしらえてみせたのがよかったらしい。

「あすこのところをよく読んで、メモをとって……なんとか出来ました」

はじめてひとりでこしらえた料理を賞められて、うれしそうに笑っていた。彼女のレパートリーは、これから一つずつふえてゆくことだろう。

知り合いの娘さんに結婚の贈り物をするとき、私は、〈お師匠さん〉と呼んでいるこの料理の本を、一、二冊添えることにしている。

カードに一言、

「あなたは、もっとお料理が上手になれます」

そして、

「おかげで毎日たすかっています」と喜んでくれるのは――いつも、お婿《むこ》さんの方である。

うさばらし

よく切れる庖丁でトントントンと野菜をきざむときの快さ——ちょっとした私のストレスは、その音だけでスッと解消してしまう。

大ぜいの人にまじって仕事をすれば、とかく心にしこりが出来やすい。そんなとき、帰るとすぐ着物をきかえ、タスキ前かけ姿で台所に立つ。庖丁を握るのは私の気晴らしのひとつである。

弘法大師は、筆を選ばなかったと言うけれど、素人料理の私は、すこしでもましなおかずをこしらえるために、せいぜい道具を揃えたかった。

いま、うちの調理台の引き出しにはいろんな庖丁が並んでいる。菜っ切り庖丁、刺身庖丁、柳刃、大きい出刃、小さい出刃、肉切り、パン切り、ネギ切り——いつのまにか、それだけたまった。

野菜を切るには何といっても幅の広い菜っ切りがいい——ちらしずしやサラダのきざみものの切り口がきれいに揃う。刺身庖丁があれば、柔かくてあつかいにくい鰹《かつお》のおつくりもなんとか格好がつく。柳刃のおかげでひらめの薄づくりの真似も出来るし、大きく重い出刃を振りあげれば、固い鯛の骨もきれる。刃わたり一〇センチほどの小さい出刃は小鯵《こあじ》を三枚におろすとき重宝だし、ドイツへ旅行した人のお土産のパン切りは、反対側が鋸《のこぎり》のようになっていて、コチコチの冷凍食品が好きなように切れるのが嬉しい。

「……うちではとてもこんなに揃えられないわ。私なんかステンレスの肉切り一本で何もかもやらなければならないんですもの」

そう言って溜息をついた奥さんがいたけれど、そんなに大げさに考えることはないとおもう。女の人はときどきフッと、とんでもなく高価な化粧品を買ってしまうようなことがある。例えばそんな——清水の舞台から飛び降りるような決心を、一年に一度だけ、庖丁の前ですれば、すくなくとも一本、かなり上等なものが手にはいる。私もそうやって、十年もかかって、この引き出しをいっぱいにした。

化粧品とちがって庖丁の寿命はながい。〈ネギ切り〉と私が呼んでいるものは、もう二十年以上使っている古い菜っ切りで、研ぎ減って幅が三分の二ぐらいになってしまったけれど、いまだに葱やニンニクなどチャンと切ってくれるから、強い匂いがほかの野菜にうつる心配がない。大きい出刃ももう十年になるかしら。きっと、私より長生きするだろう。

もっとも、いくら丈夫だからといって、使いっ放しでは、赤鰯《あかいわし》のように錆は浮き出し、刃はまるくなり、なにを切っても息が切れるだけ、ということになってしまう。そんなものを振りまわしてもストレスは逆にふえるばかり。面倒見がどんなに大切か――それも長い間に身にしみてわかってきた。

いまはもう、昔のように研ぎ屋さんがまわってくることもない。仕方なくはじめた月に一度の私のあやしげな庖丁研ぎも、いつの間にか慣れてきた。

本格的な研ぎ方はとても出来るはずがないが、小さい桶の中に、荒砥《あらと》、中砥《なかと》、それから仕上げの人造砥石が一組になってはいっているものを台所の隅におき、月に一度は研ぎ屋さんの真似をしている。

虚仮《こけ》も一心――見よう見真似ではじめて研いだ菜っ切りで、人参のしっぽがスパッと小気味よく切れたときの嬉しさ。いっぱしの刀鍛冶《かたなかじ》にでもなったような気がして得意になったものだった。

庖丁を砥石の上にピタリとのせ、ほんの気持だけ……角度をつけてゆっくりと押すように研ぎ、引くときは力を抜く。何度となくそれを繰り返し、刃先がザラザラという手ざわりになったとき（それを刃がえりというそうな）裏を返して同じように研いでゆく。注意しなければいけないのは、功をいそいで刃をたてすぎないこと――素人はそれで却って刃を丸くしてしまう……と名人研ぎ師が教えて下さった。

表面のうす錆は、いつでも気がついたらすぐ、タワシに磨き砂をつけてこすっておくこと。ついでに、柄《え》のほうも手垢をおとして……とも言ってくれた。うちへ帰ってよく見たら、私の大事な庖丁のにぎりは、どれもこれも、まっくろだった。

こうして自分でなんとか扱ってみると、情が湧くというのかしら、使ったあと濡れたまま放り出しておくことなど、とても出来なくなってしまった。役目がすんだら、なにはともあれ、いちいち乾いたフキンでよく拭いて、サッサと引き出しに入れてしまう。おかげで怪我もすくなくなった。

よく研いだ庖丁でこしらえたさしみの舌ざわりのよさ——山ほどの玉ねぎをきざんでも決して涙が出ないから不思議である。

今日もテレビの長いシーンのやりとりが、どうもうまくゆかなかった。こちらは息をこらしてカーブを投げたつもりなのに、相手は球が放られたことも気がつかない。仕方がないから拾っては投げ、投げては拾い——いい加減くたびれて帰ってきた。役者はこんなとき、どうしても相手のせいにしたくなる。

「なにさ……セリフぐらいおぼえてくればいいのに……」口の中でブツブツ言いながら、昨日研いだばかりの庖丁でスパッと大根を。くるくるとかつらにむいて、チョンチョンチョンチョンとほそくきざむ、その切れ味のこころよさ——私のイライラはいつの間にか消えてしまった。

「研ぎたての庖丁は、私のうさばらし」

と言ったら、

「オヤオヤ物騒だな」

と夫が首をすくめた。

暮しの中の匂い

明るい陽ざしの街にさわやかな風が吹くころになると、すれちがう女の人がなんとなく綺麗に見える。

胸を張ってさっそうと歩くお嬢さんたちのうっすらと汗ばんだ肌の美しさ。ときたま、なんの化粧もしない娘さんに逢ったりすると、まぶしいくらいである。若さというのは素晴らしい。素顔の魅力を誇れるのはいまのうちですよ、どうぞ、しばらくそのままにしていて下さいな——そう言いたくなる。

私のような齢になっては、もう仕方がない。古い歩道のようなもので、ときたま、あちこち修理しないとまわりの人が気の毒だから、つい何やかや塗ったり叩《はた》いたりすることになる。それでもなるべく控えめにしなければ、といつも思っている。

昔、お化粧上手の年増に言われたものだった。

「化粧するのは化けることだからね。むやみに塗りたくると、化けそこなって尻っぽが出ちゃうよ」

夜の厚化粧で昼間の街を歩いたり、素人の娘さんが華やかな舞台女優の真似をしたりすると――その尻っぽが人に見えてしまう。

せめてもう少し綺麗になりたい、もうちょっとだけ可愛らしく見せたい、というのは女の人の切ない願いである。だからこそ、気をつけないと、鏡をのぞく自分の眼に、つい狂いが出てしまう。希望的観測。

俳優も、舞台やテレビで同じ役を長くつづけていると、だんだん化粧が濃くなってゆくことがある。初日にほんのちょっと描いたはずのアイラインが、日ましに太く大きくなり、千秋楽にはついにこれみよがしになっていたりして――なんともおかしい。

どんな女の人が好もしいか、と男の人にきいてみた。ほとんどの人が、化粧をしない娘さんがいい、と答えた。すがすがしい感じがするからだと口を揃えて言ったのである。

それはそれとして――このごろの男性化粧品の売れゆきは素晴らしいそうな。二十何種類か出来ているそうである。卒業をひかえた男子高校生に、使い方を教える化粧品会社の指導員は引っぱりだこだった、という話もある。修学旅行にゆく男子の鞄は沢山の化粧道具で女の子のものよりふくらんでいた、という人もいるが、どうなっているのだろう。

男の人は汚なくてもいい、とは私は思わない。むさくるしいのはハタ迷惑である。こざっぱりと清潔に――それこそ、いつもすがすがしい感じにしていて貰いたいと願っているのだけれど……。

菜種梅雨《なたねづゆ》の一日、ある貿易会社の部長さんが、若い部下三人と車で仕事先きへ出かけたときのこと——道中が長いから、車中の煙草は遠慮してくれ、と嫌煙運動のバッジをつけている一人に言われ、ヘビースモーカーの上司はその約束をちゃんと守った。それなのに途中たまらなくなって窓をあけたのは、若い男性たちのムンムンするような体臭のためだった。

「いやだなあ、これ、ボディローションの匂いですよ。いまどきこれを使っていないなんて、部長はやっぱり古い、古い」

若者たちに大笑いされたと、おとなしい中年男はわびしそうにボヤいていた。

「嫌煙の権利があるなら、嫌香の権利もあるんじゃないのかねえ、狭い車にのり合わすときは、身体を洗ってきてもらいたいなあ」

身だしなみは、はたの人に不快な思いをさせないための心づかいである。古くても新しくても——それは変らないのではないかしら。

昔の下町で親が娘たちの化粧をうるさく言ったのは、みそしるがおしろい臭くなるのを嫌ったからだった。

ふだんの化粧はほどほどに——暮しの中の匂いというものは、あるかなきかにしておかないと、お互いに飽きがくるのではなかろうか。

料理のおしゃれ

鶏肉にごぼう、里芋、こんにゃくのいため煮も出来たし、えのき茸のたらこ和えの味もこれでよし。春菊のおひたしにかける花かつおもきれいにけずれた。

(さて……どの器に盛ろうかしら)

食器棚の前に立って、あれこれ考えるときが私は一番楽しい。料理屋さんで盛りつけするのははな板さん。若い見習いさんたちがうしろに立って、長い菜箸を器用にさばく親方の手もとを食いいるようにみつめている——そんなシーンが、ドラマの中にあった。

わが家では洗い方、煮方、焼き方——どの役もひとりで兼ねているのに、さて盛りつけをするときは、何となく胸を張るような気分になるからおかしい。折角の料理を活かすも殺すも盛り方次第。素人の手づくりでも上手によそえば、すこしは引き立つ。アルミの器にドデンと放りこんだ食べものの味気なさは——いろんな折りに身にしみている。

幾度戸棚をのぞきこんでも、そこには長年見慣れた安物の皿小鉢しかないことはよくわかっている。それでも私は首をかしげる。

「さて……」

いため煮はクリーム色の深鉢にしよう。盛りつける量は召し上る人にもよるが、どちらかといえば少なめに……。多すぎては食べないうちから胸につかえる。適量をフンワリと――お気に召したら、お代りをどうぞ。

白いえのき茸に赤い粒をきれいにまぶしたたらこ和えは、水色の菓子皿を使うことにする。春菊のおひたしは、外側が朱、中が白い小鉢。濃いみどりの切り口をキチンと揃え、うすくきれいにけずった花かつおを、ほんのチョッピリ上へのせる。

私は毎日使う皿小鉢は、なるべく中側が白く単純なものをえらぶようにしている。その方が値段も手ごろなものが多いし、下手な料理のアラもかくしてくれるようである。美しすぎる絵付の器は素人にはあつかいにくい。

食べものは眼から食べる。おいしそうなと思わなければ、つい箸をとる気もおこらない。盛りつけは料理のおしゃれ、というところかしら。よそゆきを着て鏡の前へ立ち、ほんの一滴香水を耳のうしろへつける。そんな気持に似ているような気がする。

漬けもの談義

八百屋の店先きにさまざまの夏野菜が顔をみせると、私の好きなお新香の季節になる。青磁色の鉢に濃いみどりの胡瓜、るり色の茄子、白くつややかな小かぶにほんのり赤い新しょうがを盛り合わせた美しさ。それでサラサラお茶づけを食べるのは、私にとってこの世のしあわせである。

母のぬか味噌は一斗樽《いっとだる》だった。台所のあげ板をあけ、うつむいて二の腕まで桶の中にさしいれて、いくどもいくども、下から上まで引っくり返すようにかきまぜていた姿が眼に残っている。まわりにはフンワリと香ばしい匂いが漂っていた。

「ぬか味噌が臭いなんて嘘の皮さ。毎日こうして空気にあててやれば、いやな匂いなんてするわけがないんだからね」

ぬか味噌くさい女房は、ひきずりの無精ものだ、と子供の頃から教えこまれた。おかげで私のぬか味噌も、いつも美味しそうな匂いがしている。

いま、私は蓋つきのホーローびきをつかっている。母のようにお酒の空樽をつかえば余計な水分を桶が上手に吸いとってくれるのはわかっているけれど、うっかり外側の掃除を怠るとたちまちカビがはえて、中のぬか床まで台なしにすることになる。夫婦二人、しかも共働きの私には、小さいホーローびきが丁度いい。

うちのぬか味噌は、もうかれこれ三十何歳のはず。戦後間もないころに新しくこしらえたから、なにやかや足りないものだらけだったけれど、この頃はすっかり味が出て、いつの間にかわが家の自慢の一つになった。手料理するものの楽しみは、皆さまに食べていただくことである。そして、ちょっと賞められたりするとすぐいい気になって、こしらえかたをくどくどと説明したりする。

この間も、遊びに来た若い女優さんにおだてられ、つい調子にのって、ぬか味噌をはじめてつくるときは……などとおしゃべりしたけれど、あれはどうも無駄だったかも知れない。あなたは如何？　思いきってやってごらんになりませんか。

四、五人までの家族なら、水一〇リットル入りのホーローびきの桶で充分。ぬかは二キロ。ひきたての生ぬかをそのまま入れるのが一ばん美味しいけれど、この頃では手に入れるのがむずかしい。米屋さんのビニール入りの生ぬかを、中華鍋でゆっくり狐色になるまでよく煎ってさましておく。別に水三リットルに五〇〇グラムの塩を入れて煮たてる。その塩水をさましてから、桶に入れた煎りぬかの上にそそぎ、両手で揉むように丁寧にまぜあわせる。

その中に赤とうがらし十本、生大豆二つかみぐらい、三センチほどに切った昆布七、八枚、和からし粉カップ半分を入れてもう一度よくまぜあわす。お味噌ほどのかたさになればそれでけっこう。あり合わせの大根や、その葉っぱ、にんじん、キャベツなど漬けこむが、これはぬか床の味を出すための捨て漬けで、とても食べられたものではない。そのまま朝夕二回、底の方から引っくり返すようにかきまわし、よく空気にふれさせれば、一週間ほどでどうやらぬか味噌らしいものが出来上る。

もしお知り合いに漬けもの上手な奥さんがおいでになったら、丹誠なさった古いぬか床を掌一ぱいほどおねだりしてきて、それをまぜればたちまち美味しくなることうけあいである。私も撮影所の衣裳部さんやテレビ局のプロデューサー氏にたのまれて、小さいビニール袋に入れたわが家のぬか味噌を、化粧鞄にそっとかくしてもっていったものだった。

一週間たって捨て漬けをとり出してから、いよいよ胡瓜や小かぶを漬けはじめる。けれど、これでもう放っておいても何時でも美味しいおこうこが食べられる、と思ったら大間違い。ぬか床はデリケートなものだから、小さい子供を育てるように、いつでもこまかに気配りをしてやらないと、たちまちすねて折角の味をおとしてしまう。といっても格別むずかしいことではない。毎日朝夕二回、忘れずにかきまわすこと。あとはその日の温度により、漬けこむ時間を考えればそれで結構。

陽気があたたかくなれば早く漬かる。それを教えてくれるのは台所の寒暖計である。茄子は胡瓜より長く漬けなければ美味しくないとか、急ぐときは二つ割りにするとか、塩加減はこのくらい……などということは、やっているうちに自然とおぼえる――なんとかして美味しいお新香が食べたい、と願う気持さえあれば……。

暑さにうだる夏の夜でも、濃い紫にひかる茄子は食欲をそそる。きれいな色を出すためにぬか床に庖丁や釘を入れる、などという話もきくが、私は焼きみょうばんを使っている。薬局で買った固まりをすこしずつ、乾いたフキンにつつみ、金槌でそっと叩いて粉末にしておく。なるたけ新しい茄子をえらび、少量の塩で皮をなでるように優しく、まんべんなく揉んでやる。手ざわりがなんとなくやわらかい感じになったら、左の掌に一つまみのみょうばんをひろげ、その上に右手でもった茄子をくるりくるりところがす。つまり、ごくうすいみょうばんの衣をきせる気持である。

ぬか床に茄子がタテにはいるほどの穴を掘り、その中にヘタをつまんでそっと入れ、まわりから埋める。せっかくのみょうばんの衣がはがれないように気をつけて……。ついでに胡瓜も横に長い穴を掘って、そこへ寝かせて漬ければ緑の色も一しお映えて美しい。少量のみょうばんは身体に何の害もないそうだし、味もかわらない。

三十年ほど前、新聞に投書がのっていた。

「ぬか味噌の中では、酵母菌と酸菌がたたかっているのだから、美味しくするためには酵母菌をたすけてやればいい。つまり酵母を加えれば、あのいやな匂いはなくなるはずである」

そんな意味のことが書いてあった。投書の主が大学生だったのもおもしろかった。

なるほど——と感心して以来、私はいろいろやってみたが、今はビオフェルミンの粉末をぬか味噌に入れている。真夏は毎日小さじ一杯、春秋はときたま一つまみ。おかげで、とても美味しくなった。

いつだったか、仕事でしばらく家をあけて帰ったら、ぬか味噌の味がおかしくなっていた。留守番の人が熱心のあまりビオフェルミンを入れすぎたらしい。あわてて煎りぬかをたしたりして、やっともとの味になったが、多ければいい、というわけではないようである。ときたま、ビールの残りを少々まぜるのもいいようだが、うちは下戸なので、その機会がない。

おいしい漬けものをつくるためには、漬けこんだ野菜から出る水分を適当にとらなければならない。私は、かきまわしたあとのぬか床を平らにならし、その上に乾いたフキンをピッタリ貼りつけ、毎日それを取りかえている。

漬けものは空気にふれるとすぐ味が変る。食卓をととのえ、さあ食事をする、というときにぬか床から出さなければ、本当に美味しいものはたべられない。出しおきのおこうこはうまさが半減どころかゼロになる。

冬にはいって白菜漬けをはじめるころから翌年五〜六月ころまで、私はぬか味噌をやすませてやる。冬眠の季節というわけ。古いコブや出し残しの野菜くずなどすっかりとり出し、表面をきれいにならしてよく叩き、その上に天塩をたっぷり二センチぐらいの厚さにのせる。塩で中蓋をする、ということになる。桶のまわりをきれいに拭いて、蓋の上からビニールをかぶせ、なるべく冷たいところにおけば、一度もかきまわさなくても、翌年あけるまで味はかわらないから嬉しい。

さあ、私も今日からまた美味しいお新香を楽しみましょう。お茶漬サラサラおこうこバリバリ。みなさまも漬けてごらんになりませんか。いろとりどりの漬けものにご主人も相好をくずすのではないかしら。男の人は案外好きですものね。(それに、漬けものはサラダ以上に美容のためにもいいのですって……本当かしら？　ウフ……)

中掃除・小掃除

(廊下へ出るとき、何気なく右の人さし指で障子の桟をスッとこすり、指先きにうっすらついたホコリをじっとみつめ、フッと溜息をしながら、奥の自分の部屋へ引っこむ)

これはドラマの中の意地悪なお姑さんが、傍にいる若いお嫁さんへあてつけるイヤ味なしぐさの一つである。

私はそれを、いつもわが家でやっている。幸い、うちは老夫婦だけだから、傷つく人は誰もいない。白いホコリが指先きにつけば、

(オヤオヤ、怠けすぎちゃった……)

とひとり首をすくめ、あわててハタキとタスキをとりにゆくだけである。

ホコリで死んだためしはない——そう言う人もいる。そうかも知れない。特殊な工場の場合は別として、普通の家庭でホコリのために病気になることはないだろうから、あんまり神経質になるのはおかしい。生きている人間が暮しているのだから、家は汚れるのが当り前。隅々のホコリまで毎日気にしていたら、ほかのことは何も出来なくなってしまう。病的な掃

除マニアにはなりたくない。

けれど——毎日暮している場所だから、なるべくこぎれいにしておきたい——それは家庭を大切にする人たちのごく普通の願いではないかしら。そのためにはある程度、掃いたり拭いたりしなければならない。

私の育った浅草では朝晩の掃除がやかましかった。起きて身仕舞をするとすぐ家の前を掃くのは、他人《ひと》さまに気持よく、その道を通ってもらうためだった。夕方、玄関に水をまくのは、仕事をすまして帰ってくる家族たちをやさしく迎える心である。となり同士、雨落《あまお》ちもろくにないような小さな家ばかりだったけれど、どこも皆こざっぱりしていた。拭きすぎて、桟の中ごろが痩せてみえる格子戸が並んでいた。茶の間でおしゃべりをしている最中に電気の笠からフワリとチリが落ちたりすると、その家のおかみさんは真赤になってはずかしがったものだった。

下駄箱の掃除は、小娘の私の役目だったのに、つい怠けすぎてひどく汚れてしまったことがあった。叱られてフウフウ言いながら拭いている私のうしろで母が言った。

「お金を貯めれば利子がつくけれど、よごれをためればイキが切れるだけさ」

どんなよごれも早いうちなら、すぐとれる——そのことを子供のころから体でおぼえさせられたおかげで、私はいまも仕事の合間を縫ってこまめに掃除をする。

休みの日、雨戸をあける前にフト内側の桟を指でこすってみたりする。なにしろ古い木造家屋だから、あちこちのすきまから細かいホコリが自由自在に舞いこんでくる。

ザラリとしたら、すぐ風呂場のお湯の残りで十本ほどの雑巾を固くしぼり、空バケツに入れてくる。桟の汚れを丁寧に拭きとった雨戸は一枚ずつ戸袋へくり入れる。ついでに敷居もきれいにして使いのこりの小さいローソクでよくこすっておくと、あけたてが楽になる。真黒になった雑巾は何度でも風呂場で洗い出してくる。家中の雨戸や敷居を掃除するまで、こうしてせまい廊下をバタバタ走りまわるのは気持がいい。女優という仕事は神経を使うことが多いから、たまにこんなことをするのはいい運動になる。美容体操のかわりだと思っているせいか、苦にもならない。

冷房がないので、どこもかしこもあけ放しにしておくから、真夏、風の強い日など畳がザラザラになる。固くしぼった雑巾を右手にもって、一畳ずつ、畳の目にそってキュッキュッと拭いては、左手の乾いた雑巾でしめり気をとってゆく。すっかり拭きあげたあとのすがすがしさ——足の裏のツルリとした感触から、子供の頃の大掃除を思い出す。

あれはたしか、毎年五月の日曜日だったと思う。下町では町内中、大掃除——衛生掃除をすることになっていた。

夜が明けると一緒に、あちこちからヨイショ、コラショという景気のいいかけ声がきこえ、それぞれの家の表に敷いたゴザの上に箪笥やつづらが運び出された。その日は男の腕のみせどころ。ふだん、家の中ではふところ手の亭主や息子もこのときばかりは袢纏にキリリとしめた鉢巻き姿が頼もしかった。女たちにおだてられ、重い畳を苦もなく外へかつぎ出し、二枚ずつ人という字にたてかけて、湿った裏側に風を通す。ついでにパタパタ、パタパタ――物差しや箒《ほうき》のお尻で一年間のホコリを叩き出す音が賑やかだった。ふだんは手の届かない縁の下から天井まで小気味よくサッパリした。男手の足りない家や年寄り夫婦のところなど、頼まれなくても心得て皆サッサと手伝いにゆき、アッという間に見違えるほどきれいにしてしまった。

夕方、区役所から係の人がまわってきて、

「ヤア、ご精が出ますナ」

などとニコニコしながら、済という判を押した小さい紙切れをくれる。おかみさんたちはそれを表の柱に貼りつけてホッとした。

この家は規則どおり、衛生掃除をすました――という証明書だが、係のおじさんはしかつめらしい顔をして家の中をのぞきこんだりはしなかった。下町の人たちはみんなきれいずきだということを知っていたからだろう。

スベスベに拭きあげた畳の上に車座になって頬張ったおにぎりや番茶のおいしかったこと。力仕事の出来ないおばあさんたちは、それぞれ得意の五目豆やおこうこをもってきてくれた。大掃除は下町の子供たちにとって、チョイとした楽しみだったらしい。

いまはもう、どこの町にもそんな行事はなくなったらしい。町並みも家のつくりもすっかり変った。そこに住む人たちの暮しかたも考えかたも違っている。みんなが互いに手を貸しあうような町ぐるみの大掃除はなくなるのが当り前かも知れない。うっかりするとプライバシーの侵害になってしまう。

私の家でも、もう大分前から大掃除をしていない。その代り、日を限らず、自分の都合にあわせて中掃除、小《こ》掃除をしている。二、三日休みがつづくときを見計らって計画をたててするのが中掃除——押入れや納戸の整理整頓、キャタツを使う天井や壁、畳がえの日にする縁の下や塀まわりの清掃。季節の変りめの衣類の入れ替え、箪笥やつづらの虫干しなどがはいる。

小掃除というのは、汚れていて気持が悪いと思ったとき、いつでもチョイチョイする掃除のこと。夜、仕事から帰ったとき、格子戸に夕立のハネがあがっているのを見れば、すぐその足で雑巾を二、三本しぼってきて拭いておく——というわけである。煮ものの砂糖を計る計量器に、指のあとがついていると気がつけば、早速濡れぶきんでこすっておく。夕食のあと片づけの最後にはいつも、みがき砂をつけたスポンジで、ガス台、調理台の煮炊きのよごれをとっておく（どんなよごれもすぐなら楽にとれるけれど、時間がたつとイキが切れる——母がそう言ったっけ……）。

よくまあチョコマカ動くこと、と人にも笑われるし、自分でもおかしくなってしまう。多分幼いときから、せまいけれどいつもこざっぱりした家で育ったせいだろう。よごれたところを放っておくのは気持が悪いのだから仕方がない。

けれど——どこもかしこもピカピカに磨かれてチリ一つ落ちていないような立派な家に住みたいとは思わない。私のように下世話に育った下町女にとっては、そんな素敵な住居は気づまりで肩が張り、落ちつかないにきまっている。

つまり——ゴミやホコリが遠慮なくはいってくるような古い家の中で、食べたり寝たり、しゃべったり——毎日セッセと汚しては、そのあとバタバタ掃除をする……そんな暮し方、生き方が性にあっているらしい。

雑巾がけに洗剤を使うことはないし、ときどきは踵《かかと》を洗う軽石で指の腹をそっとこすり、化粧水をすりこんでおくせいか、手はたいして荒れない。指の節が高くなった、と気がついたのは還暦を迎えてからだから別にどうということもない。手拭やバスタオルの古いのを手ごろに切った雑巾を、大きな籠いっぱいに積みあげてご機嫌になっているのだから、われながら他愛もない。

この間、ある電話インタビューで「あなたは掃除がとても好きか」ときかれた。

「そうですね、嫌いでもないけれど……」

言いかけてフト気がついた。居間の受話器を左手でとりあげたトタン、私の右手はもうチャンと傍の飾り棚にうっすりついたホコリを拭いていた。布巾はどこにも備えてある。

「いいえ、掃除は好きですね、やっぱり」

いそいで言い直したが——それにしても、うちは息子がなくてよかった。これではどんな利口なお嫁さんもとても勤まらないに違いない。

ひる寝のすすめ

身体中から汗が吹きあがってくるような盛夏がようやくすぎて、朝夕、庭の方からスーッと涼しい風の吹いてくる快さ。ホッとしたとたんに暑さの疲れがどっと出て、身のおきどころがなくなるほど、だるくなる。俗に言う夏バテである。

鰻やら揚げものやらに、たっぷりの野菜を添え、むりにも口に入れてきたおかげで、どうやら土用はもちこたえてきたものの、秋ぐちに大切なのは、眠りである。熱帯夜つづきの睡眠不足をなんとか取り返さなければ、夏バテにはとうてい勝てない。

ところが、涼風がたつと女は忙しい。汗によごれたものの始末から袷《あわせ》の用意。夜具もそいでととのえないと、秋は、あっというまにやってくる。つい、寝が足りないまま無理をする。

昔、私が小さいころ、知り合いの料理屋の女将さんが、いまごろになると、母にいそぎの仕立て物をたのみにきて、

「あなた、よくつづきますねえ、あたしゃ、また、眼に借りが出来ちゃって……」

丸まげの細い首をかしげ、二重瞼の大きな眼をしきりにしばたたいていたものだった。

（三食ひる寝つき）

これは多分、外で七人の敵を相手にして戦っている亭主の眼から見た女房の姿――いい気なものさ、ということだろう。そんな奥さんは決していない、とは言い切れない。世間にはいろんな人がいる。

でも、この物価高の世の中で、その三食を家の人たちに、なんとかおいしく食べさせようとたしない月給のやりくりで苦労している女も多い。その人たちに、私はあえて、ひる寝をすすめたい。

昼日《ひるひ》なかから眠るなんて――だらしがない、とほんとは私も思っていた。けれど、このごろでは、眼の借りがたまると、暇を見つけてチョイと横になっている。それでないと身体がもたない。

（借りを返すだけ……）

そう思っているせいか、二十分なり三十分なり、自分の決めた時間だけ眠ればチャンと眼がさめる。眼ざまし時計のお世話になることはほとんどないから、おかしい。トロッとするだけで、嘘のように頭がスッとする。

この間、ひる寝からさめたとき、フト、ある秋の午後、縁先きで針仕事をしていた母の姿を憶い出した。小学校から帰った私が、二、三度声をかけたけれど返事がなかった。キチンと坐って、ひざに縫いものをひろげたままじいっとしていた。眼はまるであいているように見えたけれど――あれはやっぱり、つかの間の母のやすみだったのだろう。ああやって上手にひる寝をしていたからこそ、母は、いつも元気に働いていたに違いない。

私のひる寝も、あのくらい見事にやりたいものだ、と思っているけれど……まだ、どうもうまくゆかない。

おんなの年齢

私には、なにかにつけて自分の年齢を言いふらす癖がある。

「なにしろ、明治おんなですから……」

「……明治生れなんですよ、明治四十一年です、ええ……」

必要もないのに言いすぎる、と、ときおり家人にたしなめられる。その当座は慎しんでいるのだけれど、調子に乗るとすぐまた、

「……あんまり言うと叱られるんですけど、古稀はもう、とっくにすぎたんです」

などと、余計なことを言ってしまう。

どうして、こんな癖がついたのかしら。

どうも――戦後しきりに映画やテレビに出るようになった私の弟が「シシの会」へはいったのが始まりのような気がする。明治四十四年、亥年生れの人たちの集りで、当時、何かと話題をふりまいたものだった。そのお仲間のなかには私の知人も何人かいた。

弟が明治とハッキリわかった以上、姉の私が大正生れというわけにもゆかない。一つや二

つはサバを読むことも出来るが、そうするとなにかにつけて勘定が面倒になる。

むかし、ある女優さんが五歳、引き算をしていたことが、亡くなってからわかった。彼女はその辻つまをあわせるために、一緒に暮していた娘さんを、十四歳で産んだ、と私に言ったが、ほかにもあれこれ、細かいことに気をつかっていたことだろう。そそっかしい私にはとても出来そうもないから――あきらめた。

それに、役者稼業の悲しさ――毎日、鏡台の前に坐るから、いやでも応でも自分の顔をつくづく眺めることになる。そうすると、今年の顔は、去年の顔と違うことがわかる。どうもがいても、老いは食いとめることが出来ない。

それならせめて――年齢の割には若い、と言われたい――そう決めた。

そのためには――食べるものをよくえらび、よく働き、よく眠り、こざっぱりとした格好で――老醜をかくすためには、薄化粧もしなければならない。その上で、

「……なんてったって、もう七十をすぎたんですから……」

などと、さり気なく言うわけだから……これでけっこう忙しい。

もし、生真面目な方に、

「へえ、そうですか、どうりで老けましたねえ、まあ、お年齢《とし》だから仕方がないけれど……」

などと同情されたら――こちらはがっかりして引っくり返ってしまうかもしれない。

さいわい、世の中にはお優しい方が多くて、

「へえ、そうですか、お若いですねえ、とてもそのお年齢には見えませんな……」

と、老女を甘やかして下さるから、ありがたい。

年齢をハッキリさせる、ということについては、それぞれ微妙な問題がある。

いつか、新聞の読者欄に、投書者の年齢明記の規約についての提案がのっていた。

ある人は——人間の判断も行為も、年齢との関係を無視出来ないのだから、チャンと書くべきだ、と言い、またほかの人は——読む人に先入観をあたえて邪魔になるから、書かない方がいい、と主張している。

結局、当の新聞社では——書かれたくない人の年齢は、発表しない——ということにしたが、それが妥当だろう——と私も思った。

年齢はプライバシー、という考え方もある。そうかもしれない——ことに女性にとっては……。

お金や指輪のはいったハンドバッグを引ったくられたご婦人は——その物質的な被害よりも、

「老女——ひったくりに遭う」

という新聞の見出しに傷つけられるに違いない……まだやっと六十そこそこなのに……そういう記事を読むたびに私は心が痛む。どうしてあんな書き方をするのかしら。まさか、

「……だから、お年寄りは気をつけた方がいいですよ」

という教訓的な意味だけではないだろう。

私の場合、女優という職業でもあり、自分から言いふらしているのだから、活字にされて当り前――むしろ、当人は多少、得意になっている。

それでも――ときには、

「……明治四十一年なんですよ」

と言ったあとに、

「十一月生れなんです」

と何気なくつけ加えることがあるから、我ながらおかしい。

やっぱり微妙ですねえ――おんなの年齢は……。

食べごろ・のみごろ

料理は一秒ごとに不味《まず》くなる、という。

自分が台所に立って煮炊きしていると、この言葉が身にしみてよくわかる。

焼きざましの秋刀魚《さんま》、冷たくなったビフテキのわびしいこと。活きのいい鰹もお刺身につくってから時間がたてば、てきめんに味が落ちるし、里芋のこぶ煮のようなおそうざいでも、ほどよく煮あがったばかりのものなら舌つづみをうつほど美味しい。

フンワリと光っているような炊きたてのご飯のうまさに引きかえて、冷やめしの味気なさは誰でもよく知っていることだろう。

どんなものにも、それぞれの食べごろがある。魚は新しいものほどうまいと思いこんでいたら、暁方《あけがた》釣ったひらめをかついできた魚屋さんに、

「まだ身が固すぎるから夕方おあがんなさい。そのころが一番うまい」

と教えられた。

牛肉はそろそろいたみかけた時が最高の味だということは昔からきいている。たしかに新

しすぎる肉には妙に味がない。

果物の食べごろを知るのは、見た目のほかに手ざわり香りがある。いつだったか、知人から見事なメロンをいただいた。添えてあった(召し上りどきのお知らせ)の日付は三日後だった。その日を待ってイソイソと庖丁をいれたが……がっかりした。未熟だった。青白い実は固くしまり、メロン特有の甘い匂いもほとんどないという味気なさだった。日付の数字だけを頼りにした自分のうかつさが恨めしかった。三日後といっても、その時の陽気の加減もあるし、わが家での置場にもよる。果物屋さんの間違いも絶対にないとは言えないだろう。経験による自分の勘をもうすこし大切にしなければいけない、と言うことである。あの時も、切る前の手ざわりと香りから(ちょっと早いのではないかしら)とチラッと思ったのに、(だって、商売人が書いているんだから……)などと食べ急ぎをしてしまった。食いしん坊のあさましさ、希望的観測というわけである。

「番茶も出花」

という言葉がある。格別、器量よしとは言えない娘さんも花の盛りには目をみはるほど美しい。安ものの番茶もサッと熱いお湯をそそいで、すぐ茶碗についだ時の美味しいこと。お茶に大切なのは、のみごろである。

テレビドラマの中で、私は(お茶のいれ方までやかましく言う姑)の役をやることがある。若くて可愛いお嫁さんをいびる、口うるさい老女の代表、と言うことになっているけれど、上等なお茶もいれ方しだいで台なしになってしまうのは、その姑役の言う通りである。

急須にたっぷりめの煎茶をいれ、よく沸騰させたお湯をほどよくさましてソッとそそぎ、二分間後——お茶の葉がフワッとひらきかけたときがのみごろ。ホンノリと匂う甘いお茶の一杯は、世知辛い世間の疲れをひととき忘れさせてくれる。

そうは言うものの、毎朝毎晩、食べごろの料理をこしらえ、のみごろのお茶をいれるのはむずかしい。下ごしらえから煮かた焼きかた、盛りつけまでひとりで受けもつ家庭の主婦には到底無理。まして共働きの女性たちにとっては、始めから出来ない相談だと思う。

それでも私は、せめて、それに近いようにしたいと願って、食事どきの台所をいつもバタバタ走りまわっている。食いしん坊でおせっかい……美味しいものを食べるのも食べさせるのも大好きな性分だから仕方がない。

揚げものはすっかり用意をしておいて、食べる人が席につくと同時にとりかかる。その前にお新香を出しておけば手順が楽なのはわかっている。けれど私は、天婦羅がすんだあと、お茶づけを食べる直前にぬか味噌に手をいれる。出したてのお新香のうまさを知っているからである。それから急いで番茶をいれる。これでどうやら、食べごろ、のみごろ——ということになる。

もう一つ、食べさせごろ——と言うのがある。どんなに心をこめたお料理でも、かんじんの相手が満腹では美味しいと思ってくれる筈がない。わが家では、あとで私の手料理を召し上るハメになっているお客様には、あれこれ菓子類を差し上げないようにしている。おしゃべりの間はカラ茶ばかりで知らんぷり。少々もの足りない顔をなさってもこちらは一向に気がつかないような顔をしている。

おかげで、やっと食卓へ案内されたお客様は、どなた様も一様に、

「お宅の食事は本当に美味しいね」

と言って下さる。

(素人料理には空腹も大切な味付けの一つである……これは内緒)

つまり、美味しいものを食べるためには、すべて、ころあいこそが大事、というわけではないだろうか。

冷凍庫・私のCM

思い切って冷凍庫を買ってから、そろそろ三年になる。

電気冷蔵庫は、それでもどうやら使い慣れたものの、冷凍という言葉は明治女には抵抗があって、どうも親しめなかった。新鮮な材料を、料理するそばから食べてこそ美味しいのに、コチンコチンに凍らせた日増しのものなんか——と思いこんでいたからである。ものは試し……とすすめられ、冷凍のとうもろこしを電子レンジで焼いたものを試食したが……もう一度食べたいとは思わなかった。

それなのに、冷凍庫を買う気になったのは自慢の苺ジャムのせいである。折角せっせとこしらえて冷蔵庫へしまっておいたのに、一週間ほどで味が変ってしまった。市販のものより砂糖をへらしたせいに違いない。露地ものの苺の盛りは短い。わが家の好みの、このうす味のジャムをすこしでも長く味わうためには、凍らせておくより仕方がないだろう。もし、冷凍庫を上手に使えるようになったら、暇をみて手料理をこしらえておくことも出来るかも知れない。そうなれば、私のように仕事をもっている主婦は、案外助かることになる——そう思った。

うちの古い冷蔵庫は冷凍の場所がせまい。高さ九〇センチ、幅六〇センチの冷凍食品専用のものをフンパツして、あれこれ工夫してみることにした。

いま、その中は、いつも八分どおりいっぱいになっている。三つの棚のうち、一番上は生《なま》もの——いきのいい白身の魚が手にはいったとき、うす塩をして身をしめてから、ラップでキッチリまいておけば、半月くらいはほとんど味が変らない。去年の暮によそからいただいた紅鮭は、すぐにおろして、二切れ、三切れずつにわけて包んでおいたが、半年以上たっても脂がまわらず、いまだにけっこうおいしいお茶漬が食べられる。牛肉、とり肉などは、夫婦で一度に使うほどの量にわけて包んでおく。

次の段は小さいポリ製容器が重ねていれてある。手製のキンピラ、煎りどうふ、がんもどきの煮つけにすしのもと（ちらしずしのもと——ごぼう、椎茸、筍のいため煮）などいろいろ、ちょっと多めにこしらえた好みのおそうざいがそれぞれはいっている。その横の小さい瓶には白いんげんや黒豆のふくめ煮、苺ジャム、ママレードに梅ジャムなど……少量ずつにわけてあるのは、小人数のわが家では一度解凍したものをあまして、もとへ戻したりすると、たちまち味がおちるからである。

冷凍するとき（きす——何月何日）（煎りどうふ——何月何日）などと書いた小さい紙をビニールテープで貼りつけることを忘れないようにしている。月二回ほど庫内を掃除するときにそれを調べて、なるべく早めに食べるためである。

下の段には海苔《のり》、お茶、パンのいろいろ、たたみいわしなど、それぞれビニール袋に密閉していれてある。おかげでかなり長い間、湿気がこない。どう工夫してもだめなものは生野菜や果物類で、まるで霜やけにでもかかったように、ベットリと哀れな姿になってしまう。

なんとか美味しく食べるためには……ああでもない、こうでもない、と幾度か失敗したあげく、解凍の仕方に気をつけるのが大切、とわかった。冷凍庫の中で冬眠している食糧をいきなり引っ張り出して焼いたり煮たりしては、とてもまずくて食べられない。その日の献立を決めるとすぐ、必要なものをとり出して笊にならべて外気にあてておく。大体とけたら水気をふき、料理するときまで冷蔵庫でゆっくり休ませておけば、なんとか元の味に近くなる、というわけである。

近ごろはいろんな冷凍食品が次々と市販されているらしいが、わが家のものはすべて手製――これは多分、齢のせいで好みが片よっているからだろう。

冷凍庫を使いこなせるようになったから、料理はらく……といい気になってはいられない。この文明の利器は、所詮は兼業主婦である私の有能な助手、ということである。新鮮な材料をその都度買いにゆけない私の為に、なるべく新鮮に近い状態で預かってくれているだけなのだから――あとの始末はこちらの腕次第。一度煮炊きしてあるものは、ちょっと火をいれればすぐ役に立つけれど、それも（あともう一品欲しい）というときのピンチヒッターだということを忘れないことである。

（一日三食として、あと何回かしら……）

便利さに頼って、手抜き料理ばかり並べるようになってしまったら、私たち夫婦の残りの人生は、さぞ侘しいことになるだろう。

道具を使って——道具に使われず、毎日の食事をなんとか楽しみたい——そう思っている。

腐らせる

眼のくらむような真夏よりも、涼風がたってホッとする秋ぐちの方が案外、食べものを腐らせることが多い。お手伝いの娘さんに、

「冷蔵庫を信用しすぎてはだめよ。この中へ入れれば絶対いたまないわけじゃないのよ、外へ出しておくより、何日か余計に保つというだけなんですからね」

などといつも言っている癖に、ときどき自分が失敗する。去年、冷蔵庫へ入れておいた五目豆の味が変って、そっくり捨てたときは情なかった。にんじん、ごぼう、こんにゃくに上等な昆布をいれて一日中ごとごと煮こんだ、私の得意の常備菜である。

(もう大分涼しくなったし、これだけよく煮たものだから……)そう思っていたけれど、数えてみたら十日もたっていた。おかしくなるのが当り前だった。

自分で手をかけて煮炊きしたものや、一度に食べてしまうのが惜しいと思う好物など、つい冷蔵庫を頼りにしてしまう。(どうぞ腐らないように)という願いは(大丈夫、腐らない)という思いこみに変ってしまう。希望的観測ということだろうか。

なんにしても、冷蔵庫はいまの私たちの暮しにかかせないものになってしまったのだから、何とか上手に使いこなしたい。毎日、扉をあけたてするとき、中の食べものに気を配り、暑いときは週に一度、寒くなっても二週に一回は丁寧に掃除をする。台所のカレンダーに次の予定日を印しておけば忘れない。

庫内の食物を全部お盆の上に出し、氷を入れたビニール袋と一緒に涼しい場所におく。棚やケースをはずして粉石鹸でよく洗う。扉やまわりの汚れもきれいに落とす。内側は柔かい布巾をぬるま湯でしぼって隅々まで何度も拭く。仕上げには消毒用アルコールの代りに、三十五度の焼酎を使うことを教えてくれたのは、たしかNHKの婦人百科だった。早速、果実酒を漬けた残りを布巾に浸して拭きあげたが、気持がいい。値段もアルコールより安くすむ。とにかく、この掃除は短時間にすますことが大切だが、慣れると手順が身について、簡単に出来るようになる。

ただ——こうして折角清潔にした冷蔵庫も、泥のついた野菜や汚れた包み紙をそのまま突っこんでは、結局また細菌の培養庫になってしまう。面倒でもよく洗い、蓋つきの容器か、適当な袋に入れてからしまわなければ効果がない。

掃除をするとき電源を切り、終ったらさしこむ常識も、私のようにそそっかしいものは案外忘れやすい。電気冷蔵庫が出まわったばかりの頃、電気のメーターのあがることを気にして、毎晩そのさしこみを抜いて寝た知人の老女を、私はあんまり笑えない。

紳士協定

通いの家政婦さんが帰ったあとの、夕方五時から六時の間、私はいつも眼がまわるほど忙しい。

煮ものの味加減をみながらお新香をきざみ、食卓をととのえ、右手で天婦羅をあげながら左手でうしろの受話器をとりあげる――どうしてこんな時間に電話インタビューなどしてくるのか……見えない相手がうらめしくなる。

そういう時にかぎって門のチャイムが鳴る。たてつづけに、何度も何度も押される。

そそっかしい返事をして電話を切りあげ、飛んでゆくと、

「ボールをとって下さーい。庭にはいっちゃったんでーす」

男の子が七、八人、門のすき間から折り重なるようにのぞきこんでいる。うちは坂道の突き当りで、車のゆききもすくないから、キャッチボールの好きな彼らにとって絶好の遊び場所というわけである。かなり遠くの子もまじっているらしい。

「……ホラその紅葉のそば……もっと右、ほら、その石のうしろ……」

やっと拾って手渡して、台所へ引き返して、五分もたたないうちにまた、チンコン、チンコン……。

「ほんとうに……もう」

イライラするけれど、放っておけば門を乗りこえて拾いにはいるに決まっている。いくら小さい身体でも、たび重なればチャチな門はまた傾くことだろう。おかげで去年は修繕するのに一苦労だった。

それ以来、

「ボールが庭にはいったらチャイムを鳴らして頂戴、拾ってあげるから……」

と言い出したのは私だけれど、こう忙しくてはたまらない。

なぜこんな夕方に集るのか、ときいたら、

「だって僕たち、学校と塾の谷間でしか遊べないんだもの」

可哀そうに……子供はなんてったって遊ばなけりゃあ……。

考えたあげく、私はその子たちに紳士協定を申し出た。

キャッチボールをはじめるときに大声で知らせてくれれば、門の鍵をあけときましょう。それならボールがはいっても、勝手に拾えるでしょう……。

「そのかわり、やめて帰るとき、終りましたって一声怒鳴って頂戴。誰もいなくなったのに門があけっぱなしでは、うちは不用心で困るからね」

「ね、おばさん、女優だろう、この間見たよ、意地悪ばあさんの役、うまいね」

不意をつかれてとまどう私を見上げて、

「ありがとうございましたア」

子供って、ほんとに小憎らしいけれど——でも可愛い。つい、

「また、どうぞ……」

と言ってしまった。


「うん、わかった」

子供も案外わかりが早い。それからというもの、その約束はチャンと守られて、私の身体は楽になったが、下町育ちのおせっかいで、ある日、もう一言だけ言いたくなった。

「ついでに、ありがとう、って言ってくれれば、お互いにもっと気持がいいんだけれどねえ」

ガキ大将らしい子供がニヤッと笑った。

翌日、「終りましたア」という声でいそいで門をしめにゆくと、

長生きはお好き？

毎年、六月の声をきくと、私はなんとなく気ぜわしない。この季節に梅の実や、らっきょうを漬けこむのが、長い間の習慣になっているせいである。
ついこの間、封を切った梅酒の瓶には（昭和五十年六月十四日、わが家の梅）と書いた貼紙がしてある。この年は狭い庭のたった一本の白梅が、三キロあまりの大きな実をつけてくれて、嬉しかった。こんなときは樹も疲れるのだろう。翌年は一キロそこそこで、近所の八百屋さんから買い足している。
梅酒にするのは、六月中旬ごろの真青な、まだ固くて新しい実にかぎる。月がかわると熟しすぎて苦みが出るらしい。
材料は、広口のガラス瓶一個について、
青梅――一キロ五〇〇
焼酎――三十五度のホワイトリカー　二リットル
氷砂糖――一キロ（好みによって一キロ五〇〇）

虫喰いや傷のあるものを除いた青梅を丁寧に洗い、よく拭いて、まず三分の一を瓶の底にならべ、その上に三分の一の氷砂糖をのせる。つぎにまた梅の実を三分の一、氷砂糖三分の一、と、かわるがわる重ねてから、焼酎を静かにそそぎこみ、固く蓋をして油紙かビニールで覆い、年月日を記して、暗く涼しい場所においておく。

そのまま二、三カ月すれば、氷砂糖も自然にとけて、どうやら飲めるようになるけれど、本当の梅酒らしい風味を楽しむには、三年以上ねかせた方がいい。

さて、今年はこの瓶を……と口をあければツーンと甘酸っぱい美酒の香りのこころよさ。ほんの少量をコップにとり、氷水で割れば、その口当りのいいこと。まるでお酒ののめない私の頬もついほころびる。しかも寝つきがよくなるから、低血圧の老女にとっては、たしかに百薬の長のような気さえする。

瓶の中の梅の実は、蓋をあけたときにそっくりすくい出し、種をとって裏ごしにかけ、三分の二ほどの砂糖を加えてトロ火でゆっくり練りあげて梅ジャムをこしらえる。これもけっこう美味しい。

こうしてわが家の押入れの奥には、いつも何本かの梅酒の瓶が並んでいる。まるで、高価な葡萄酒のように、〇年もの——などと名づけて、ひとり悦にいったりしている。

梅干をはじめて漬けたのは、十何年か前のことだった。子供のときから、母がいつもお弁当に入れてくれたし、おなかをこわせばお粥に梅干、風邪をひけば熱い番茶に梅干、とふだんの暮しにかかせない大切な食糧だったのに、戦後ながい間、東京の町では美味しい梅干がどうも手にはいりにくくなった。

それならいっそ自分で……と昔の母の手つきを思い出したり、漬けものの本を読んだり……一生懸命とり組んだものだった。

青梅が梅雨を浴びてホンノリと黄味がかったころを見計らい、一晩水につける。これで青酸と苦味がぬける。

梅――二キロ

天塩――カップ二杯

梅の実を一粒ずつ手にのせて丁寧に塩をまぶしては瓶につめ、残りの塩を上からたいらにふりかけて、すこし軽めのおもしをかける。四、五日すると白梅酢とよばれる汁があがってくる。そのまま蓋をして陽のあたらないところに置く。

七月にはいって、赤しそが出まわったら、葉だけを掌いっぱいほどつみとり、桶にいれて少量の塩でもみ洗いすると、ドロドロした赤黒い液が出る。固くしぼってその汁を捨て、もう一度、あらためて塩で揉むとやわらかくなる。その上に、さきの白梅酢をそそぐとパッと眼のさめるような、真赤な梅酢が出来る。それをかめに戻して梅の実を漬けなおすのが本漬けである。実と汁はヒタヒタぐらいがいい。しぼったしその葉をその上にかぶせるようにのせ、固く蓋をして暗いところに保存する。

白梅酢を小瓶にいっぱい残しておき、下痢のとき、盃に半分ほどのめば、まさに妙薬である。赤い梅酢の残りには、いろんな野菜を漬けこんだりする。新しょうがにかるく塩をふっておき、翌日一日かげ干しにしてから梅酢に漬ければ、美味しい紅しょうがになる。大根、こかぶ、みょうがの漬けものも、やき魚やお新香に添えれば、食欲をます。どれも、二度漬けすれば、カビもはえずにながもちする。

私がよく失敗したのは、そのあとの三日三晩の土用干しのときだった。

真夏、カッと晴れあがった日、かめの梅干を大きい盆ザルにならべ、タップリ太陽にあてて裏返し、二度三度、梅酢にひたしては、また干しあげる。その楽しい作業が、私の仕事の都合で中途半端になることが多かった。赤く染まった指先きでは、女優業にさしつかえる。夜干しはことにむずかしかった。二、三日うちに天気が崩れる——などという予報をきくと、夜中に降り出して大切な梅干がカビてしまうのではないか、と心配でおちおち眠れない。何度も起きては外の気配をうかがったりする。そんなときに限って意地悪く、翌朝早くからロケーションにゆかなければならない。

思いあまってとうとう夜干しをやめ、昼干しばかり一週間つづけてみたが、出来上ったものは皮が固くて、われながら美味しいとは言いかねた。梅干はよっぽど夜つゆが好きらしい。

去年は仕事が忙しかったので、とうとう自家製造をあきらめた。あちこち買いあさっているうちにNHKテレビで、和歌山県南部川《みなべがわ》村の梅干が紹介された。村中ほとんどが梅生産農家だという。早速、白干《しらぼ》し——赤しそをつかわないもの——を註文して送って貰ったが、薄皮でやわらかく、塩の加減も申し分ない。おかげでわが家の庭の梅は、当分、梅酒だけにすることになった。

らっきょうの甘酢漬けはうちの自慢になっているし、ときどきはニンニクの味噌しょう油漬けや蜂蜜漬けもこしらえる。道楽というには少々世帯染みているけれど、こういうものを並べておくと、なんとなく心ゆたかになってくるから、面白い。

それにしても——朝は梅干、夜は梅酒。その間にらっきょうを食べ、疲れればニンニクの味噌漬けをつまんだりしているけれど……こんなことしていていいのだろうか。もし、長生きしすぎて人さまに迷惑をかけたりしたら申し訳ない……などと口では言いながら、私は今年もまた、セッセと梅酒をつくり、らっきょうの皮をむいている。

食いしんぼ

久しぶりの休みなのに、外は細い雨が降ったり、やんだり――梅雨はほんとにうっとうしい。うす暗い座敷にじっと坐っていると、気が滅入ってなんとなくイライラしてくる。

そんなとき、私は台所に立ってセッセと料理をこしらえる。

青豆ご飯に鰹のたたきは夫の好物。あとはうどの辛子酢あえに蕗の卯の花まぶしにしよう。味噌汁の実はなめこにお豆腐。木の芽を添えることを忘れないように。ぬか味噌のこかぶと胡瓜も、ちょうど漬けごろになるようにして……と忙しい。

ご馳走とは言えないけれど、自分たちの口にあう手料理をあれこれ並べてゆっくり味わうのは、とても楽しい。

人間は美味しいものでおなかがふくれると気持がゆたかになって、何にでもやさしくしたくなるのはホントのこと。食後のお茶をのみながら庭を眺めると、さっきはジメジメと暗い灰色に見えた雨が、いまは青葉に映えて銀色に光り――とてもきれいだった。

「のどもとすぎれば鯛も鰯も同じこと」

そういう昔のことわざがある。うまいまずいと言ったところで、食物を味わうのは一瞬なんだから贅沢言うな、というわけだろう。

私の父はそれをきく度にいやな顔をした。

「冗談じゃないぜ。のどもと三寸というのを知らないのか。味を楽しめるのは一瞬なんだから、まずいものを押しこむな。せいぜいうまいものを食べろ、ということさ」

それが江戸っ子の暮しかただったらしい。父に似て食いしんぼなのか、私も食物は空腹を満たすだけのもの、とは思いたくない。それでは侘しい。食べることは人間の楽しみの一つなのに……。

肉、魚、野菜果物から、和風、洋風、中国風など、世界中の料理が巷《ちまた》に溢れている今日このごろ、却って食べる楽しみを知らない人が多くなったような気がする。何故かしら、機械文明が発達しすぎると、人間の舌の微妙な感覚など自然に衰えてしまうのだろうか。それでなければ、スーパーの冷たくなった焼き魚があんなに売れるわけがない。魚を焼くというのは一番簡単な料理法だし、魚は焼きたてこそ美味しいのに……。ハンバーガーとインスタントラーメン以外の味はうけつけなくなった人もいる。

「この頃の子供たちは背は高くなったが、骨は折れやすい。若い人たちの肌があれている。食物が片よっているからである。すこやかに美しくなるために、もっといろんな種類のものを食べなければいけない」

この頃しきりにそう言われている。ミスユニバースの候補になった人は、毎日十五種以上の栄養をとっていたらしい。炭水化物、脂肪、無機質、ビタミンその他——聞いただけで頭が痛くなるけれど、つまり——朝はパンに牛乳、半熟卵に生野菜のサラダ。お昼は焼き肉、ほうれん草のおひたしに若布とお豆腐の味噌汁でごはんを食べれば、もうそれだけでかなりのものが含まれている、と言われてヤレヤレと安心した。

しゃれた洋服の、頭のよさそうな若いお母さんたちが、こんなことを話していた。

「うちの子は毎日ビタミン剤をたっぷりのませているんですよ」

「アラそれなら大丈夫ですわ」

「でも、一粒のめばあらゆる栄養が充分ゆきわたる……そういうものを政府が早急に研究させるべきだと思いますわ」

「そうよねえ。外国ではもう出来ているんじゃないかしら。宇宙飛行士がもっていった宇宙食、っていうの——それでしょう？」

「それなら私たちにもその錠剤が簡単に手にはいるようにして戴きたいわ。主人は商社の仕事で忙しいし、子供は一流学校をうけるための勉強で、食物を嚙んでいるひまなんかないんですもの。それに、そうなれば私の手も省けるから、もっと文化的な研究会にどんどん出てゆかれますもの」

「そうよ、うちも欲しいわ」

「うちも……」

聞いていて、もしそんな丸薬が普及しても、私はのみたくない、と思った。

朝ごはん――一粒。

昼ごはん――一粒。

夜ごはん――一粒。

そんな侘しい暮しなんて、とても耐えられない。

それをのむのがすべての人の義務だと言われたら……私はひそかに地下へもぐって、すり鉢の音をしのばせて、ソッとこしらえるだろう、好きな木の芽田楽を……。

どうやら私は、救いようのない食いしんぼうらしい。

兵糧攻め

べつにひどく虫が嫌い、というわけでもないのに、台所でゴキブリの姿を見かけると、私はドキッとする。これはどうやら幼い頃の思い出につながっているらしい。

昔の下町の台所はうす暗かった。低い土間に板を張った坐り流しで、いつもじとじとと濡れていた。

五つ六つのころから母に仕込まれ、小さい身体に襷《たすき》をかけて、流しの前の板の間にペタンと坐って、お米をといだり茶碗を洗ったりしたものだったが、時折り腐りかかった流しの溝からニョロリとなめくじが這いだしてきたり、眼の前をゴキブリが走っていったり——その気味悪かったこと。ついキャッと声をあげて、母に笑われたものだった。

台所が明るく風通しのいい場所に建てられ、ステンレスの立ち流しが幅をきかすようになってからは、なめくじを見かけることはなくなったが、母たちがアブラ虫とよんでいたゴキブリは、ますます健在らしい。よく気をつけて隅々まで掃除しても、どこからともなく忍びこんでくる。

何年か前、新しい局舎へ移ったあるテレビ局が、それまで夜間の出演者たちへくばっていた折りづめ弁当を廃止した。同時に、当人持参の弁当、菓子も、すべて食堂で召し上ってください、という掲示が貼られた。理由は、たくさんの食べ残しを目当てに押しよせるネズミとゴキブリの大群を、今度こそなんとしても防ぎたいということらしかった。

局側が悲鳴をあげるのも無理はなかった。古い建物のときは、セットいっぱいに建てられた豪華なナイトクラブに、大きなネズミがゆうゆうとあらわれたり、粋《すい》をこらした茶室の畳の上をゴキブリがチョロチョロと走ったりして、ときには、せっかくのシーンを撮り直す羽目になったこともあったからである。

「なるほど、兵糧《ひようろう》攻《ぜ》めで退治しようという作戦ね」

なんでも感心する癖のある私は、わが家でも早速そのやり方を真似することにした。なにしろ狭いうちだから、まさか、食堂以外でものを食べない——というわけにはゆかないけれど、食べ物を散らかしたり、こぼしたりはしないように気をつけた。食べ残しはすぐ始末した。

寝る前には家の中をよく見まわって、台所の生ゴミは外のポリバケツに捨て、その蓋はキッチリしめた。調理台の隅にこぼれた砂糖はきれいに拭きとり、コップに残ったひとたらしの牛乳も、かならず洗い流しておくようにした。ネズミやゴキブリが夜更けてソッと忍びこんでもかじるものもなめるものもないように……。

果して、この戦法が効を奏したのかどうか、本当のところ、私にはよくわからない。なにしろ、ネズミはコンクリートもかじるというし、チャバネゴキブリは水一滴で一カ月も生きられるそうだから敵は手ごわい。

多分、私の知らないもっとほかの理由があったのだろうとは思うけれど——とにかくそれ以来、ネズミもゴキブリもスッパリわが家から姿を消してくれたのは、嬉しかった。

ああいう生きものには、人間がおどろくほど利口なところがある、という。もしかしたら、うちのまわりで囁きかわしているのかも知れない。

……この家には食べものがないぜ、苦労してはいったって、無駄骨というものさ、およし、およし……。

どうぞ、そういうことでありますように。

ともあれ私は、当分この兵糧攻めをつづけようと思っている。

夏まけには……

じっと坐っているだけで、額に汗の吹きでるような真夏の夕方、うちではよくてんぷらを揚げる。

ぬるめのお風呂でサッパリ身体を洗ったあと、気軽な浴衣がけで揚げたての車えびやきすなど口にしたときのしあわせ……一日の疲れがスッととれるような気がする、と家人は機嫌がいい。魚ばかりとはかぎらない。あり合わせの野菜——さつま芋、にんじん、ごぼう、青紫蘇、茄子にピーマン、新しょうがなど、いろとりどりの精進揚げも喜ばれる。

知り合いの若奥さんはなかなかの料理上手のようだけれど、てんぷらを家庭で揚げるのは、いや——と言う。

「そりゃあ、美味しいことも、暑いときの栄養補給になることもよくわかっているんですけれど……台所が汚れますからねえ」

素敵なシステムキッチンが備えつけてあるらしい。油染みをこしらえるのは、たしかに痛ましい気がする。

「それに……素人にてんぷらはどうしても無理ですわ。本物は、やっぱりチャンとしたお店へゆかなければねえ……」

その通りだと思う。

けれど齢のせいでなかなかおみこしがあがらない。外で食事をするのが、つい、おっくうになる。どっちみち我が家の古い台所は料理をするためにあるのだし、多少の汚れは賄い方の勲章とあきらめて、私はせっせと素人てんぷらを揚げている。どうしたら、すこしでも美味しいものが出来るだろうか、とあれこれ首をひねりながら。

油は市販のてんぷら油にゴマ油をまぜている。好みやその日の材料にもよるけれど、三分の一から四分の一ほど合わせると、味も香りもいいような気がする。油の量は五人分でカップ二杯半――それより少ないとうまく揚がらない。てんぷら鍋がなければ、中華鍋でもフライパンでもいいけれど、なるべく厚手のものがいい。

大切なのは油の温度である。煙が出るほど熱くしてはいけない。百五十度から百八十度ぐらいが適温とされているが、温度計で計ってもいられない。一つまみの塩をいれてみて、シャッという音の調子をききわけるように、と娘のころ教わった。でも、それより豆粒ほどのころもを菜箸の先きにつけて落とす方が分りやすい。すぐにきつね色に変ってパッと拡がるようでは熱すぎるし、そのままスーッと底の方へ沈むようではぬるすぎる。半分ほど沈みかけて、すぐ浮きあがるくらいが丁度いいようである。

ころもはなるべく薄くすること。家庭料理なのだから、小さい材料を大きく見せる必要はない。スキー用のセーターのように厚ぼったいころもを着たてんぷらは胸にもたれる。透きとおって中味がホンノリ見えるくらいの方が、軽くて口あたりがよく、たくさん食べられる。

材料の魚や野菜は形よく食べやすく切って用意しておく。その前に、玉子一個をボールに割り、二、三倍（揚げる量によって）の水でよくといて、冷蔵庫で冷やしておく。冷たい水でといたころもは、軽く揚がる。

いざ揚げるときにその玉子水を三分の一ほど他のボールにとりわけ、その中へ薄力粉を篩《ふるい》でふりいれ、箸の先きで十という字を五度描く——つまり、それほど荒っぽいまぜ方をするということである。白い粉が残っていてもかまわない。どっちみち油で揚げるのだから。粉の量はなんとか材料をくるんで、流れ落ちない程度がいい。ころもを一度にまぜておくとネバリが出てしまう。面倒でも冷蔵庫の玉子水は三、四回ぐらいにわけて使うと、あんまり失敗しない。

材料の魚をきれいな布巾にのせて丁寧に水気をとり、薄いころもをまとわせて、鍋のフチからそっとすべりこませ、箸で中央へ送り出す。一つか二つずつ、油の中でゆうゆうと泳がせる気持である。素人のかなしさ、何だか油がもったいないような気がして、あとからあとから鍋を満員にしたら、たちまち油の温度がさがり、グシャッとした出来損ないばかりで困ったことがあった。

といって、泳がしすぎ、揚げすぎると味もそっけもない干物のてんぷらになる。えびや白身の魚は、鍋のフチから入れて、真中までおくり出したら、もう揚がったと思え、と腕のいい板前さんが教えてくれた。たしかに、そのくらいの気持で、ころもの色によく気をつけて、一つ揚げたらまた一つ、と手順よく鍋におくりこめば、素人にしてはマアマアのてんぷらが出来上る。冷凍のえびもなかなか美味しい。

(揚げながら、鍋の中に散ったころもの屑を網杓子でこまめにすくえば仕上りもきれいだし、揚げだまはまたの日に、うどんの汁や味噌汁に一つまみ入れたり、ほうれん草や小松菜とうす味で煮びたしにしたり、けっこう役に立つ)

かき揚げも、ときには気が変って歓迎される。貝柱とみつ葉、芝えびとさつま芋、いかとねぎなどそれぞれ合性のいいものを、同じくらいの大きさに切って、まぜ合わせて揚げる。手近かの玉ねぎと桜えびも、パリッと揚げれば、洒落たおそうざいになる。

かき揚げのときの油の温度は、てんぷらの時よりほんのすこし高めの方がうまくゆくようである。薄いころもをつなぎにして、一個分ずつたま杓子で鍋のすみから静かに入れ、菜箸でまわりのかたちをととのえながら真中へおくり出し、まわりが固まったらすぐ裏返して、油の温度をすこしさげ、網杓子でおさえながらまわりを折るか、それともところどころ箸の先きで、小さい穴をあけると、火がよく通って、カラッと揚がる。たきたての丼ご飯にのせて天つゆをかければ、手軽な天丼が出来上る。

天つゆ――てんぷらのつけ汁は、たっぷりの鰹節でとっただしカップ一杯につき、醤油とみりん、それぞれカップ四分の一をあわせて煮たたせる。大根おろしやすりしょうがを添えるのが普通だけれど、精進揚げは生醤油と大根おろしだけの方がサッパリするという人もいる。えびや魚など、塩とレモンで食べるのもいい。

家庭のてんぷらは、毎日するわけではないから油を上手にもたせなくてはならない。揚げ終って火を消したら、すぐにたま杓子で油こし器にすこしずつすくいとり、キッチリ蓋をしめる。さめるまで放っておくと空気中で変質してしまうが、こうして熱いうちに始末しておけば、次に使うとき、半分から三分の一ほど新しい油を足せばいい。いためものには、そのまま用いる方が美味しいし、じゃが芋や茄子のから揚げ、トンカツ、コロッケの肉料理には、五度も六度もくり返し使える。わが家では二つの油こし器に、一度か二度使ったものと、何べんも用いたものをそれぞれ別に保存している。よくよく疲れたと思う油は、庭の隅の土に少しずつ沁《し》み込ませている。下水に流さない方がいいような気がするけれど、どうかしら。

それにしてもてんぷらはたしかにむずかしい。素人がどう工夫してみても有名店のようにはゆかない。けれど、好きなときに、誰に遠慮もない気軽な格好で、安直に揚げたてが食べられるところに、素人てんぷらの値打ちがある。多少のことは我慢しなければ……。

食べる人が、

「うん、うまい、この頃上手になったね」

などと一言やさしくいたわってくれれば、作る人は、この次はもっとうまく、などといじらしい気持になり、面倒なことも忘れてしまう。料理好きは他愛がない。まあお互いにおだてたり、自慢をしたりしながら、せいぜいてんぷらを揚げて、今年も夏まけを防ぐことに致しましょう。

蛇口をしめる

私がものごころついた頃、浅草にはもう、水道がひかれていた。

小学校へあがるまで住んでいた家の傍には共同水道があったし、そのあと引っ越した家の台所にはうちの水道がついていた。

「水仕事するものは、ほんとに助かるよ」

母はそう言いながら、嬉しそうに蛇口をひねっていた。煮炊きから掃除、洗濯――女の仕事に水はかかせなかった。欲しいときに欲しいだけ使えるようになった。その便利な水を、母は決してムダにしなかった。遊び呆けた子供たちがうっかり蛇口をしめ忘れたりすると、

「水を粗末にするとバチが当るよ。これはみんなの水なんだからね。もったいないことをするんじゃやない」

と、きびしい顔でたしなめた。

「人間だって植木だって、水がなけりゃ生きていられないんだよ。お金をパッパ使う人を、湯水《ゆみず》のように使う、なんて言うけれど……いざとなりゃあ、水はお金より大切なんだから

ね」

母だけではなかった。お隣りのおばさんもお向うのおかみさんも、同じことを子供に言いきかせていた。多分、下町では親から子へ、代々こういうことを言いついできたのだろう。昔、浅草あたりの井戸水は塩分や何やら、いろいろなものを含んでいて、住む人たちは苦労したという話をきいた。そのあげく皆の心の中に、水をいとおしむ気持がしみついたのだと思う。

一度使った水も、ムザムザ捨てると叱られた。お米の磨《と》ぎ汁を洗濯に使えば白い肌着にツヤが出る。野菜のゆで汁は、物干し場の植木鉢にすこしずつそそいでやると可愛い花が咲くし、行水をつかったあとのたらいのお湯を、庭の隅の無花果《いちじく》の根にたっぷりかければ甘い実が沢山なる。雑巾がけをすましたバケツの水は、表の道にそっと撒《ま》いて土ホコリをしずめれば、通る人が歩きやすい——そういう風に、幼いときからしつけられた。

朝、顔を洗うのに洗面器一杯、歯を磨くのにコップ一杯の水を汲んだら、すぐ、蛇口をキッチリしめること——水をザアザア出しっ放しで洗ったり磨いたりするなんて、とんでもないことだった。

そういえば二年ほど前の新聞に、どこかの国の首相が国民に向って、水道の蛇口をしめてから歯を磨くように要請した、という記事がのっていた。お金持だけれど水には不自由している国のようだった。

もし、母が生きていたら、

「ホラごらん、外国の偉い人だって、そう言うじゃないか……」

とニッコリうなずいたことだろう。

毎朝歯を磨く、という簡単な習慣も、うっかりすると驚くほどの水を使ってしまうらしい。蛇口をしめればコップ一杯ですむのに、出しっ放しで磨けば、少なくとも十杯はムダになる、という。三人家族が朝夕二回、コップ三杯ずつの水を使えば、一日に十八杯。一カ月五百四十杯ほどになる。これだけでもかなりの量だと思うのに——もし、磨くあいだ蛇口をあけておけば、一カ月に浴槽十五杯分の水が流れてしまう、ときいてドキンとした。雨のすくない夏、白く乾上《ひあが》ったダムの底に、無気味に横たわった黒い朽木が瞼に浮かんだからだった。

幼いころのしつけのせいだろう。私はいまだに何時でも何処でも、意味なく水を流している蛇口を見ると、しめたくなってしまう。

この間も、あるテレビ局で手洗所へはいったら、女優さんらしい若い人がお化粧をなおしていた。その手許の蛇口から勢いよく水が流れている。アイシャドウを塗るのに夢中でしめ忘れたのか、それとも、あとでもう一度、指先きでも洗うつもりなのだろうか……。

気になったけれど、まさか横から手を出してとめるわけにもゆかないし、うかつに注意したらこの可愛らしい女の子は傷つくことだろう。それでなくても、こちらはうるさ型と思われているに違いない老女優である。手洗所の中でまで、底意地の悪い姑役を演じたくはなかった。

彼女のお化粧なおしはなかなか終らない。となりの洗面器で手を洗ったあと——私は堪《たま》りかねて、声をかけた。

「あなた、きれいねえ……若い人って、見ているだけで気持がいいわねえ……」

おどろいたように私を見たお嬢さんは一瞬キョトンとしていたが、賞められたと知って、ニッコリ笑い返してくれた。それをキッカケに、

「アラ、この蛇口こわれているのかしら」

独り言のように小さく言いながら、何気なく手をのばして、彼女の前の蛇口をキチンとしめて、あとはブツブツとつぶやくように、

「……ゆるみやすいのよ、これ……でも、こうやっておかないと、水がもったいないから……」

そして、最後にもう一度、ハッキリと、

「若い、ってほんとに素敵なことよねえ」

彼女は満足そうにほほえんでいた。老女の気苦労など、まるで気がつかないらしい。

廊下へ出ると丁度、私の出番がきたらしく、係の人が探していた。セットへいそぎながら、急に自分に腹が立ってきた。

（なによ、いやらしい、余計なお世辞まで言ったりして……。蛇口がなによ——日本中の水

が全部流れちゃったって、私の知ったことじゃないんですからねえ……)

でも、私は自分を知っている。今度またあけっ放しの蛇口を見たら、何とかしめなければ……とウロウロするに決まっている。そうしないと今日《こんにち》さまにすまないような気がするのは、やっぱり明治女のせいだろう。因果なたちですねえ、まったくの話。

あなたは助手

「お近くへ来たので、ちょっと……お忙しいのはよくわかっていますから、お玄関で……」

遠慮する二十年ぶりの友だちを、ようよう座敷へ通した。昔、撮影所で一緒に働いたことのある人だった。当り障りのない世間話をするうちに、どうやらご無沙汰の気づまりもとけたらしく、明るい笑い声も出たトタン、

「ビーイッ、ビーイッ、ビーイッ」

けたたましいベルの音に、一瞬キョトンと顔見合わせてから、

「アッ！」

と気がついた。タイマーである。さっき、風呂桶に水がいっぱいになる時刻に針をあわせたとき、彼女が来たので、とっさに卓の下へ押しこんだのを、私はすっかり忘れていた。あわてて引っ張りだしたときには、もう鳴りやんでいたけれど——客はすっかりしらけた顔になっていた。

無理もない。ほっそりと美しい人だったけれど、おとなしすぎて、とうとう女優の世界か

ら消えていった人である。思いがけないベルの音は、引っ込みの催促のように聞こえたのかも知れない。

「あつかましく上りこんだりして……ごめんなさいね」

気弱な微笑を残して、彼女は早々に帰ってしまった。親しいつきあいとも言えない私を突然訪ねてきたのは、なにか話したいことがあったのだろうに……悪いことをしてしまった。だしぬけに大きな音を出して……ほんとに機械というものは、人の気持を察してくれないから困ってしまう……。

あのときは、自分のうかつさを棚にあげて、タイマーを憎らしがったりしたものだった。とはいえ——仕事の合間になんとか手際よく家事を片づけようとするものにとって、機械の便利さはやっぱり捨てがたい。上手に使いさえすれば、素晴らしい助手になってくれるのだもの。

私のうちでは、この小さな機械を台所と居間においてある。ときには寝室に持ち込んだりもする。おかげで、台詞をおぼえるのに夢中になって、つい、おでんの煮込みをこげつかせたり、小説に読みふけって、お風呂のお湯をグラグラ煮立ててしまうような失敗から、なんとかまぬがれている。

台所の柱には、大きな寒暖計がかけてある。ぬか味噌に胡瓜や茄子を漬けこむとき、その日の温度をたしかめる。昨日、二十度だったとき朝の十時に漬けて、夕飯にちょうどいい色に漬けあがっていた。今日は二十二度だから、もう三十分ほどおそく漬ければいい——というふうに……。

浴室の脱衣所の隅には電気洗濯機がおいてある。足袋の裏や襦袢の衿、袖口を小さな洗濯板で手洗いしたあとは、まとめて面倒みてくれるから、らくが出来る。

私は、せっかちのくせに料理はゆっくりするのが好きで、電子レンジは使わないけれど、冷蔵庫は大事にしているし、去年はとうとう冷凍庫も備えつけた。ちょいちょい買物に出かけられない兼業主婦にとって、肉や魚が冷凍出来るのはありがたい。煮豆だの、鶏と野菜の煮込みなど、たいして味を落とさずしまっておけるのも嬉しい。暇のあるとき、余分にこしらえて、小さな入れものに一回分ずつ取りわけ、蓋の上に「三月二十日、五目豆」などと書いた紙を貼りつけておくから、

ハテナ、これはなんだっけ……。

と首をかしげることもない。ときどき、取り出しておくのを忘れ、いざ使うときにあわてて解凍しようとして失敗するけれど、朝使うものは前の晩に、夕方の分は朝のうちに出して自然にとかせば、けっこうおいしく食べられる。

壁にかけたカレンダーに、赤い印をつけておいて、半月ごとにきれいに中の掃除をするせいか、うちの冷蔵庫は、もう十七、八年も機嫌よく働いてくれている。受け皿にヒビがいったとき、古すぎて部品がなくて困ったけれど、情がうつって、いまだにそのまま使っている。

それと同じ頃に取りつけたガス台の上の換気扇は、とうとう寿命が来たらしい。羽根の掃除はいつもしていたのに、モーターの中に油がしみこんだとかで、かけている最中、勝手にとまるようになってしまった。これは危ない。ある女優さんの家は、それが火事の原因になったらしい。さっそく、取りかえを頼んだら、若い電気やさんが、

「今度は全自動にしたらどうですか、これは最新式ですよ」

としきりにすすめてくれた。台所に煙がたまれば、人間より先きに機械がそれを感じて自然にモーターがかかり、羽根がまわる。空気がきれいになれば、放っておいてもとまってしまう――という構造を熱心に説明してくれた。

けれど私は――やっぱり今までどおりの――人間が紐をひっぱるのを取りつけてもらった。

「全自動の方が便利なのに……」

青年は残念そうだったが、

「家も古いし、住んでいる人間も古いから、あんまり新しいものは似合わないのよ、ごめんなさいね」

と、あきらめてもらった。

でも、本当は――私は〈全自動〉というのが気に入らないからやめたのだった。次から次へいろんな機械が考えられ、台所仕事を助けてくれるのはありがたいと思っている。しかし――換気するか、しないかの判断まで機械にまかせる、というのは私の気に染まない。

家の中のことは私の仕事。いわば私の縄張りよ。機械は私が使うもの。いくら便利でも人の気持を察しられない機械に、なにもかもまかせるわけにはゆきませんからね……。

電気やさんの帰ったあと、口の中でブツブツ言いながら紐をひっぱると、新しい換気扇は、軽い音をたてて小気味よくまわり出した。

……そう、それでいいのよ、まちがわないでね。あなたを使うのは私。あなたは私の助手なんですからね。

みなりのけじめ

「あの……失礼ですけれど、おうちではいつもそういう格好をしていらっしゃるのですか」

休みの日の午後、玄関前の落ち葉を掃いていたら、不意にうしろから声をかけられた。しゃれたワンピースにショートカット、トンボ眼鏡のきれいなお嬢さん――若奥さんかも知れない。通りがかりにテレビでよく見る老女優の、前かけ、たすき姿を見かけ、さっきから立止って見ていたらしい。

「ええ……まあ、ね」

咄嗟《とっさ》にほかの返事のしようもない私に、

「……なんだか、お気の毒みたい……」

そうつぶやいてソッと頭をさげ、前の坂を足早に降りていった。颯爽としたうしろ姿だった。

私はひとり苦笑した。彼女も自分の家のキッチンに立つときはきっと、セーターにパンタロン、可愛いエプロンをかけていることだろう。それを誰も（気の毒な……）と思うはずはないけれど、見慣れない前かけ、たすきの老女の姿は、(台所にとじこめられた封建時代の女性の象徴)のような気がしたのかも知れない。

そういえば、この間友だちも笑っていた。彼女は私の親友——同窓生である。

「前かけ、たすき姿って、どうも若い人から同情されるらしいわねえ」

ご主人はお医者さんである。その医院の待合室がいつもキチンと片づいて塵ひとつないのは彼女がこまめに掃除をするからだった。

ところがある日、まだ床を拭いているうちにとびこんで来た近所の若い奥さんが、

「マア、お宅の先生は奥さんにこんなことまでさせるんですか、ひどいわ、私が先生に文句を言ってあげます……いたましい」

と眉をひそめ、それをなだめるのに骨が折れた、ということだった。

「丁度、裾をはしょっていたから、よけい哀れに見えたのかも知れないわね」

ズボンにサロンエプロンで掃除機をあやつっていたら、それほど同情されずにすんだかも知れないのに……。

私たちのように、家の中でも和服を着ているものにとって、前かけ、たすきは片時も手離せない必要品である。たまたま、台所で料理をしている私を見て、知り合いの雑誌記者が、

「ヘエ——たすきとは甲斐甲斐しい——まるで親の敵《かたき》を討ちにゆくみたい……」

と首をすくめていたが、たしかに、大袈裟な言いかたをすれば(いざ、いざ……)という

ときにはかかせないものである。それほど大切なものだ、と思っているから、便利さのほかに、洒落気も欲しくなってくる。侍だって、刀や鎧《よろい》をあれこれ飾っている。

このごろ私のしめている前かけは、厚手の木綿、吉野織の中風呂敷で、裁ち合わせをうまくすればたっぷりめのもの四枚はとれる。ひとえだから縫うのも簡単だし、洗濯もまことに手軽。紐の色は派手なのやら地味なのやらいろいろ工夫して楽しんでいる。たすきは着物や長襦袢の端ぎれを色よくはぎあわせたり、腰紐を流用したり、それを、台所、書斎、茶の間に一本ずつおいてある。どこにいても、思いたったときサッとかければ、たちまち身軽に動く気になる。それらしい身仕度はウジウジした気持をシャキッとひきしめてくれる。それは、洋服ばかりの暮しでも同じことではないかしら。

何年か前、テレビ映画のロケに行ったときだった。陽が落ちないうちに、とスタッフがキリキリ舞いをしているなかで、ベテランのキャメラマンがメイキャップの女の子を二度も三度も大声で怒鳴りつけていた。本番直前に俳優のそばへ飛んでいって、化粧のくずれをなおす――その動きが鈍いのでイライラしていたらしい。

おとなしそうな可愛い女の子で、一生懸命やっているようだったが――服装が、その日の仕事にあわなかった。膝上二〇センチの赤いミニスカートとハイヒールでは走りにくかったし、白いブラウスの手首についているレースのヒラヒラは、役者の顔をパフで叩くのに邪魔になった。化粧係用のポケットの多い上着を着ていなかったから、手鏡や櫛、化粧品をいちいち、キャメラの後に置いてある籠まで取りにゆかなければならなかった。慌てた彼女の右手の指輪が、きれいに結いあげたスターの髪にひっかかり、とうとう、やさしい演出家まで、怒り出す羽目になってしまった。見かねた私が手伝ったが、彼女は青い顔をして涙ぐんでいた。そういう仕事に不慣れだったのだろう。

一と月ほどして、またそのスタッフと一緒になった。私は彼女はあの日かぎり、やめたのだろう、と思っていた。それだけに、

「お早うございます」

元気な声であいさつされて振り返り、眼をみはった。まるで、別の人みたい……。両肩まで垂らしていた長い髪は、スカーフでキリリとまきあげ、Tシャツにジーパン。大きなポケットが四つもついている前かけは化粧道具一式でふくらんでいる。助監督の、

「ハイ、次、本番まいります」

のかけ声に、サッと俳優に走りよって、パフで眼のまわりを押える素早さ。上気した顔に働く女性の活気が溢れ、明るい笑顔のせいか、この前よりずっと美人に見えた。演出家もキャメラマンも上機嫌だった。

おそらく、仕事が休みの日、彼女はまた、あのレースのついたブラウスと赤いミニを着ていることだろう。その方がいい。あの服は、彼女によく似合っていたのだから……。ただ、あの仕事をするのにふさわしくなかった、というだけのことである。

私もお洒落は大好き。お芝居を見たり、パーティに出席するときは、せいぜい優雅に装いたいと思っている。いくつになっても女だもの……いいえ、年をとるほど、せめて包装紙に気を使うのが、まわりの人に対するエチケットというものだろう。

そして、台所に立つときは、短めの着物に前かけ、たすきでシャンと身仕舞をすることを忘れまい。ゾロッとした格好で箒をもったりすると、遠くから母の声が聞えてくるような気がする。

(お願いだから、ひきずりにだけはならないでおくれよ)

昼《ひる》日《ひ》中《なか》から化粧をし、衿垢のついたやわらかものを、ズルズルとまとっているような女は、一家を預かる資格はない、と昔かたぎの母は、娘にきびしかった。キリリと身仕度をすれば、身体が自然に動いてくれる。みなりのけじめは、心のけじめに、たしかにつながる。

感心魔

私は、相当な感心魔である。

他人さまのご意見を伺っては、

「まったくねえ……その通りよねえ」

などと繰り返し感心するので、いつも家人に笑われる。根が単純な下町女なので、ついそういうことになる。

その上、生れつきの知りたがり癖は年をとっても一向になおらず、雑用に追いまわされながら、手近かの新聞雑誌にザッと眼を通す。そうしないと気がすまない。仕事に出かける直前でも――アアそうか、なるほど……と思う記事には大いそぎで赤鉛筆で印をつけ、夜、寝る前に切り抜いて、納戸の隅に並べた大きな紙袋に、それぞれ仕分けして入れておく。

(いずれ、ゆっくり読み返して……)

と思うのだけれど――ほんとはなかなかその暇がない。世界情勢や人種問題、婦人問題など、興味はあるが私にとってはむずかしいので、整理するのが多少、おっくうにもなっている。

だから、いつも引っぱり出して何度もたしかめるのは「家事に関する記事」をいれた袋、ということになる。それなら、毎日自分がやっていることだから、感心したトタンにすぐ真似をすることも出来る。

たとえば、

昭和四十六年二月の「ホウレン草の季節です」という記事で、料理家、土井勝さんは、その上手なゆで方を教えて下さった。

私はそれまで、たっぷりの湯でゆでる――と思いこんでいたが、短い時間にサッと蒸しゆでにする方が、素材の持つうま味を引き出せる、ということである。

「四人前二〇〇グラムのホウレン草をよく洗い……底の平たい鍋に半カップの水を沸騰させた中に並べ、ピッタリ蓋をして強火にかけ、蒸気が出たら火をとめてホウレン草を裏返し、もう一度蓋をして、また蒸気が出たら火をとめ、いそいで冷たい水にいれて冷やせば色どめ、アク抜きも出来る……」という。早速やってみたら、美味しいし、仕上りもきれいだった。

「……蒸しゆでしてから一回分ずつラップ類に包んで冷凍庫にいれておけば、半月くらいは保存出来る……」

ホウレン草やこまつ菜は、冷凍出来ないもの、と思いこんでいたのに――いいこと、きいた、というわけである。

同じ年の十月の朝日新聞の「だし再考」では、東西のそばつゆの違いがのっていた。大阪東区(現中央区)の「美々卯《みみう》」では、ソウダガツオを削り、一、二時間煮て、かつお本節《ほんぶし》とコブを加えて布でこし、薄口しょう油で味つけをしている、という。

東京上野の「藪蕎麦《やぶそば》」では本節を煮つめ、砂糖、味醂《みりん》を煮とかし、濃い口しょう油で味つけして、二、三日おき、熟成して角がとれてから使うらしい。

五十五年八月の東京新聞で、黒木重正さんは、このそばつゆについて、「つゆは露と考えたい。さっぱりしたしめりで、甘口、辛口を問う前に、たれを区別しよう……味を吟味するときは、風土、気候、材料が問題になるが、それはそばつゆにも言える。関東では砂糖と濃い口しょう油をふんだんに使ったうま煮系の味であり、関西では薄口しょう油とコブだしを使い、見た眼にも淡い味――(自分は)西方の特徴を生かして使えるのを好む」という意味のことを言っていられたが、私もそう思う。食べる人のその日の気分も勘定にいれて味つけをしたい。

だしは何と言っても料理の基本のような気がする。五十六年一月の週刊朝日に載った「鰹節、昆布、煮干しのだしの取り方大研究」は私にとって、読みすてに出来ないほど懇切丁寧な「実技編」だった。

「……諸説はあるが……四、五人分として昆布二〇センチ前後――かつお節二〇グラムほどを用意する。一リットルの水に昆布を三時間ほどつけておいてから、蓋をしないで中火にかけ、煮立つ寸前に箸でとり出し、かきたてのかつお節をパッといれて箸で押え（一分間ほど）アクをすくい、かつお節が二回転ほどしたら火をとめ――フキンでこし、塩を一つまみほどいれて――完了」

ほんとにその通り――これならたしかに、料理屋さんにもひけをとらない味が出る。ひきあげた昆布とかつお節をもう一度たっぷりの水でよく煮出して二番だしをとることから、さらにその昆布とかつお節を小さくきざんで、しょう油、みりん、酒で煮つけて佃煮にすることまで――とても詳しい。

煮干しのだしの上手なとり方については、お茶の水女子大・吉松藤子教授の研究報告を参考としているが、これも昆布と同じく、煮立てる前に三十分ほど水につけること、いそぐ場合は、煮干しの頭とわたをとり、身をさいて水につける――とある。私はいつも、ドラマのセリフをおぼえながら、四、五日分の煮干しの頭とわたをとって身を細くさき、セト引きの蓋ものにいれておく。丁度いい手すさびだし、苦味も出なくておいしい。

とにかく、これを書かれた記者の池辺史生さんはよほどうまいもの好きか、暮しを大事にしているお方なのか……嬉しくなった。

インド紅茶省広報官のゴスワミさんの「紅茶をおいしく――正しい入れかた」という記事があった。いつも何気なく来客にお出ししている私の紅茶の入れかたが、なんといい加減なものだったか、と思い知った。ゴスワミさんは紅茶を輸出なさるお役人だから、茶こしに紅茶の葉をいれ、上からサッとお湯をそそぐだけの、日本式の入れかたをごらんになって、びっくり仰天なさったらしい。こうすれば、美味しくなるという方法をやさしく話しておられた。

「……上等な紅茶を選ぶのはもちろんのこと、水は水道から汲みたてのものを使うこと……ポットに一人前につき、スプーン山盛り一杯（三グラム）をいれ、沸騰した瞬間の熱湯をその上からそそぎ、しばらくおくこと。浸出時間は産地によって多少は違うが、大体三、四分。それからゆっくり、温めておいた茶碗にそそぐ――カップは白い方が、美しい紅茶の色も楽しめる……」

というこことだった。

早速、真似をした紅茶をおやつに出したら、家人は一口のんだトタンに、

「ヘエ――今日のはバカにうまいね、上等を買ってきたの？」

いいえ、いつもの品ですが……さすがに……なるほど、ねえ……。

五十四年八月の毎日新聞には、中国茶について書いてあった。

紅茶やコーヒーに比べて、私たちには馴染みがうすく、中国料理店で飲むジャスミンくらいしか知らないけれど、製造工程の違いによっていろんなお茶があるらしい。向うの人が、脂肪の多い料理ばかり食べているのに、あんまり肥らないのは、このお茶が便秘や肥満のあぶらおとしに効果があるのではないか、ということである。常茶研究家の小川八重子さんによれば、六十度くらいの温度のお湯で入れると美味しい。砂糖やミルクを使わずにドンドン飲んでトイレへゆくのが、身体のためになるそうである。

このごろはお茶好きのわが家でも、ときどき中国茶をいただいている。気分転換にもなるし、気のせいか、スッキリと若返るような気がする——単純な夫婦である。

五十四年七月の読売新聞の記事「夏の貧血——日常の食事で防ぐ」というのは、くり返し読んだ。低血圧で貧血気味の私は、よくたちくらみに悩まされるから……。

「……豆腐、レバーで鉄分を……」という日生病院栄養課長、加納淳子さんの、栄養士の立場からの助言はありがたかった。三日にあげず豆腐料理をお膳にのせるようになったのは、それ以来である。案外、鉄分の多いものとして、パセリ、シソ、ゴマ、煮干し、生節、シジミ、ドジョウ、ヒジキ、ワカメ、浅草のり——があげてあったが、どれも庶民の暮しに馴染み深いものばかり。うちでは毎日、こういう材料をつかってセッセと手料理をこしらえている。いまだに何とか働いていられるのも、きっと、そのせいだろうと思う。

五十六年一月の朝日新聞、家庭欄「献立教室」で、女子栄養大学学長の香川綾さんは、

「食事日記をつけると、偏食が自然になくなる……」

という話をしていらっしゃる。

女の人が仕事にふりまわされながら、幼児を無事に育てるために、

「夜、みんなが寝しずまってから十分ぐらい集中的にね、まず翌日の親の献立を立てて——このじゃが芋に味をつける前に少しわけてマッシュにしたのをあの子に——この汁の上澄みで、こうしよう——などとメモをつける……」

こうして、自分の食事日記をつけ始めると、ひとりでに栄養のバランスが気になって、いろいろ考えるようになる、という。

その状態をつかむために、四つの食品群に分けて計算する「四群熱量点数法」というのは、案外、簡単だそうだけれど——私には、なかなか、出来そうもない。

そんなズボラ人間にとって、大まかなこととして、

「一日のうち卵一個、牛乳一本、肉と魚を一切れずつ、豆腐も食べ、野菜はいろいろ取り合わせ、果実は食べすぎない方がいい。リンゴ一つぐらい。そして主食は、やっぱり主食の座を占めさせた方がいい、さもないとつい、甘いものなどがふえてしまう」

というお話は——ああやっぱり、と嬉しかった。長い間の経験から、なんとなく考えてい

た私の素人ふう献立に、ちょっと自信が出来た。
とにかく――その道に詳しい方たちのお話を、たとえ少しずつでも真似させていただいて、毎日の暮しを心ゆたかにしたい、と一生懸命なのだから、感心魔もまんざら捨てたものではないでしょう……と、内心、少々得意になっている。（家人には、ないしょだけれど……）

リズミカル・カジ

家事には終りがない。

毎日、掃除、洗濯、炊事と判で押したように同じことを繰り返していると、フト放り出したくなることがある。

……この机、昨日きれいに片づけたのにもうこんなに散らかって……肌着ってどうしてこんなに汚れるのかしら……人間は何故一日に三度も食事をしなければならないの……うんざりする。溜息が出る。

……私がこんなくだらないことばかりしている間に、ほかの人はもっとむずかしい勉強をして、もっと立派な生き方をしているに違いない。私はこうして、ひとり取り残されて……。

夕食のあと片づけをしながら、急にみじめな思いに胸がふさがり、つい手がすべって大事なお皿を割ったりする。

ああもうこんなことはいや、一と月ぐらい掃除をしなくたって別にどうってことないじゃないの、ホコリで死んだためしはない、って言うもの。肌着が汚れていたって他人にわかるわけじゃないし、インスタント食品だってこの頃はいろいろ揃っているんだから結構間にあうはずよ……私はもっとずーっと高尚なことをしなけりゃいけないわ……。

若い頃はそう思ったこともあった。

女のくせに家事をしないようなひきずりにだけはならないでおくれ――私の母はよく言ったけれど……そういうことは一切しない、という女性の生き方も、個性的でいいんじゃないかしら、人それぞれなのだから……。

ある日、決心して一切の家事を放棄してみたが、やっぱりどうも、私の性にはあわないようだった。散らかし放題の座敷の真中で好きな本を読んでみても、楽しかったのはたった一日。翌日はもう何となくイライラして落ちつかない。缶詰やインスタントばかりの食事も、二日目にはもう喉をとおらず、ただいたずらに不機嫌になってしまった。

結局、そうやって身体を休めるデレンコ日はせいぜい月に一度か二度。あとはせっせと雑用を片づけて、こざっぱりした家の中で自分たちの口に合うものを料理する方が心身ともに工合がいいし、女優の仕事に精を出そうという気にもなる。家人はそんな私を見て、それごらん、という顔をして笑っていた。多分、子供のときから、狭いけれどこざっぱりと掃除のゆき届いた家の中で、母の手料理ばかりで育った私には、とてもそういう暮し方は出来ない筈、と知っていたのだろう。

どっちみち、しなければ気のすまない家事雑用なら、サッサと手早く上手に片づけて、時間を浮かし、ほかの勉強をすればいい――そう決めた。先きの見えている人生だもの、残り時間をうまく使ってゆかなければ……。

長い俳優生活で、働く女たちの役もずいぶん演じた。じゃが芋の皮ばかりむいている食堂のおかみさん、造花や玩具の内職をするお母さん、長年、畠仕事や機織り、組紐、染物などしているおばさんたち……、その度ごとにそういう人のところへ押しかけて教わったが、いつも感心したものだった。なんという手順のよさ、――次から次へ、軽く身体で調子をとりながら手早く仕上げるその見事さはただ見惚れるばかりだった。こんな風に熟練するまでにはずいぶん苦労したことだろう、と思いながらも、流れるようにリズミカルなその動きは、見ていて楽しくなるほどだった。そう言えばご当人たちも、なんとなく明るい顔をしているように見えた。

(私の家事も、あんな風に手際よくやってゆけば、苦にならないにちがいない)そう思った。

さいわい、幼いときから母に仕込まれたおかげで、こうすればこうなるもの、とおよその見当がついているから、台所仕事が億劫、ということはない。生れつきの低血圧で、激しい運動をすれば、すぐ眼がまわるけれど、家の中をセッセコ動きまわる程度は、私にとっては丁度いい運動になっている。外の仕事をすまして疲れて帰り、また家の中でお、さ、ん、ど、んをしなければならない、などと悲劇的に考えればうっとうしいが、(これは私のレクリエーション、そして私に適した美容体操)と思えば、優雅な気分にもなる。あれこれと工夫して、リズムにのって身体を動かすと、結構、高尚な遊びをしているような錯覚さえ起きてくる。

毎日、八時間は眠ることにして、眼をさますとそのまま、床の上で軽く手足を動かしながら、頭の中でその日のスケジュールをたしかめる。雨戸のすき間からさす光で天気の工合をうかがって、今日の献立を考えてから起きあがる。

女優の仕事は不規則である。それから先きは、朝湯をわかすか、お弁当のご飯をしかけるか——その日その日でコースは違うが、たとえば雨戸のあけ方、掃除の仕方一つでも、手順足順を考えておけば、もともと狭い家の中、アッという間に手際よくすんでゆく。つい忘れるような小さいことは、めったに忘れないことと組み合わせておく。寝室から台所への電話の切りかえは、その傍のガス湯わかし器の点火のすぐあと……と決めてからは、トーストを焼きかけて、遠くのベルに慌てて駈け出すこともなくなった。

四季折り折りの家具や衣服の入れ替え、納戸の掃除、不意のお客さまのお食事も、その度ごとにやり方を考えるようになってからは、けっこう気楽に……というより面白くなってきた。工夫すれば効果はてきめんだから新聞雑誌、会話の中で、なるほどと感心することがあれば、すぐ真似させていただいている、わが家流に、ちょっと変えて……。

Y子さんはいま、週五日、午前九時から夕方五時まで手伝いに来てくれる。明るくて素直な娘さんだが、五年ほど前、高校を出てすぐうちへ来たときは、家事一切は母親まかせで何にも知らない、ということだった。

うちのやり方をいろいろ説明してみても、経験がないからなかなかのみこめない。ちょうど、私も仕事が忙しい時だったので毎日つきっきりで教えるわけにもゆかなかった。

思いついて、台所の戸棚の開き戸の裏にメモを貼った。朝、彼女が来てから、まず、やってもらいたいことが、そこに書いてある。

○ゴミバケツを外へ出すこと（月、水、金——木曜日は分別ゴミ）
○身仕度をすること（通勤服から仕事着に）
○湯わかし器に点火する
○電話をきりかえる（寝室から台所へ）
○座敷をかるく整頓する（灰皿、新聞など）
○朝食の仕度
○表の掃除
○家中に掃除機をかけること

などと、夕方までの仕事をあらまし箇条書にした。

私が休みの日には彼女の仕事はすくなくなるけれど、別にしてもらいたいことはメモに書いて手渡すことにした——その方が頼んだ私も忘れない……。

Y子さんが一つのことをすます度に、バタバタと台所へ駈けて行って、扉のメモをたしかめたのは、一カ月たらずだった。まるで、小学生に勉強を教えるようなこのやり方を、バカバカしいとも思わずにキチンとおぼえてくれたおかげで、いつの間にか身体が先きへ動くようになった、というから面白い。家事の腕はメキメキ上達し、応用問題も次から次へこなしていった。得意の料理の数もふえた。この頃では、毎朝私が書く〈今日の献立〉のメモをのぞいて、

「これ、今日は私がなんとか挑戦してみます」

などと、まるで子供が悪戯をするときのように眼を輝かしたりしている。

彼女が休みの日――週二日だけ働いてくれるCさんは、戦争未亡人――もう二十年のベテランである。一人娘が結婚して孫が二人。旧制女学校を出て、本を読むのが何より楽しみというひとり暮しのもの静かな人だけれど、サッサと手早いリズミカルな動きは、まさに家事のプロというところ。風邪ひとつひいたことのない、スラリとした身体つきは、

「やっぱり、美容体操のおかげかも知れませんね」

と私と顔見合わせて笑っている。彼女も家事を一種の運動としてさわやかにやっている。

とにかく、イヤイヤやる台所仕事はうっとうしく面倒くさいけれど、自分の暮しに適当なリズムをつくり、それにそって動きまわれば、けっこう気分転換にもなる。

めまぐるしく変ってゆく世の中の流れにも眼を凝らし、四季の移り変り、自分の年齢に従って暮しのリズムを少しずつ変えることも大切。ときには何もかも放り出して、身も心も休ませる休止符も忘れてはいけない。

そんなことが本当にわかってきたのは、ついこの頃のような気がする。まったく、人間という動物は、一生、自分で自分を調整してゆかなければならないのだから、世話がやける。

家事はリズムに乗って、タタ、ラララ……リズミカル・カジというのはいかが？

私はかしこい七十二歳——そんなコマーシャル、どこかできいたような気がするけれど……あれは二十一歳だったかしら……。

もったいない病

小包がとどいた。三カ月ほど前、頼んでおいたハンドバッグらしい。

(註文どおりこしらえてくれたかしら)

早くあけてみたい、と気持はあせるのに、しっかり結ばれた麻の紐はなかなかとけない。荷造りしたのは、きっとあの店のおかみさんだろう。年よりの律義さで念をいれて結んであるから、指先きが痛くなる。それでも私は、目の前の机から、鋏《はさみ》をとって切ろう、とはしない。

そのうちに、フトおかしくなって、ひとりで笑ってしまう。

(……なによ、紐一本ぐらい……ケチくさい……)でも仕方がない。小さいときから、こういうふうにしつけられたのだもの。

おかげでいまも、狭いわが家の戸棚には、キチンとつかねた古い紐、皺をのばした包み紙、その奥には可愛らしい空箱や手頃な空瓶が、おり重なって詰まっている。

私の母は子供たちが何か捨てようとするたびに、眉をひそめてよく言った。

「ちょいとお待ち、それ、まだ使えるよ、もったいないことするんじゃない」

食べものには、ことにうるさかった。お櫃《ひつ》のまわりにこびりついた、幾らかのご飯粒を洗い流そうとして、手の甲をピシャリと叩かれたことがあった。

「お米が出来るまでには八十八人の手がかかってるから、ああいう字を書くんだよ、学校の先生はそういうことを教えてくれないのかい」

いつもやさしい母が、そのときだけはきびしい眼をしたものだった。

「食べもののおかげで、人間いのちがつなげるんだからね、冥利の悪いことをおしでない」

ちょいとぐらい匂いのするご飯だって、水で洗えば食べられる、むやみにゴミためになりこんだりすると眼がつぶれる……幼いときからくり返されたその言葉が、いまも胸の中にしみこんでいる。

テレビドラマの中で、いつも姑や祖母の役をするせいか、私は茶の間で食事をすることが多い。庶民の家では、家族がより集って話をするのはご飯どきだけだから、どうしてもそういうことになるのだろう。

でも、本当は、私はそのシーンをあんまり好まない。またか、と溜息が出る。

食べながらの芝居が、やりにくい、というわけではない（かえって、日常性が出て面白い場合がある）。セットの食卓に並べられるものがまずい、ということでもない（どこの局でも、担当の人がなかなか美味しいものをこしらえてくれる）。私を憂うつにするのは、その場面の終ったあとの、食べものの始末である。

泣いたり笑ったりの芝居をしながら、俳優が口に入れるのは、ホンの一箸か二箸である。それなのに食卓いっぱいに並べられたご馳走は、終ると同時にそっくりそのまま、係の人のもってくる大きなバケツに、ボンボンと捨てられてしまうのである。見ている私は、つい、

「ア……それ全然手をつけていないのよ」

などと、うらみがましい声を出してしまったりする。(せつない……)

セットのホコリもかぶっているし、強いライトに当ってもいる——それを誰かに食べろというのは無理なこと、とわかっている。たかが老女優が余計なことを……そう思いながらも、ただもう、もったいなくて身が縮むような気になってしまうのだから、まったくおかしい。子供の頃のしつけの上に、長い戦争前後の、辛かった飢餓の記憶が重なっているせいに違いない。

大ゴミ収集の朝、無雑作に捨てられた椅子や冷蔵庫を眺めて、老女優はフト考える。

(……まだ使えるのに、もったいない。どうしてこんなことになったのだろう。きっと、何もかも多すぎるんだわ。次から次へとこしらえすぎるのよ。もっと減らさなくっちゃ……食べものも、家具も衣類も……。テレビの受像機だって多すぎるし、テレビドラマだって、もっとすくない方が……)

そこで、ハッと気がついた。

(でもそうなったら私の仕事はなくなっちゃうかも知れない……)

あわてて首をすくめて、家の中へ逃げこんだ。私はどうやら、もったいない病にかかっているらしい。

据え膳

黙って坐れば——ご馳走をならべたお膳がスーッと目の前へ出てくる。箸をとって、それを食べ、

「けっこうでございました」

かるくお辞儀をすれば、目の前のお膳は、カラの皿小鉢をのせたまま、スーッとさげられる。

「あげ膳、据え膳」

それは台所をあずかる女の人の夢ではないかしら。

主婦と女優のかけもちの日がつづきすぎると、私はときどき、そんな場面を空想する。

(献立も考えず、料理もしなくていい、なんて……素敵なことよね……)
四、五年前までは、ときどき家人と旅行した。半分は仕事をはなれ美しい景色を楽しむことでの気分転換。あとの半分は私が楽をするためだった。旅館はまさに、あげ膳、据え膳の極楽である。

この頃は、ほとんど何処へも出かけない。齢とともに腰が重くなったこともあるけれど、据え膳なら、中味はなんでもいい、というわけにはゆかないからである。

せっかく馴染みになった、何軒かの割烹旅館も、古い板前さんがやめるたびに、つい足が遠のくことになってしまった。いまどき、どちらかと言えば和風好みの私たちが、

「さすがだねえ」

と、感心するような料理ばっかり出していては、旅館の経営は成り立たないらしい。当然だろうと思う。

だいたい、自分では何にも考えず、他人にこしらえてもらった料理で、何日も満足しようというのは、はじめから無理なのぞみではないだろうか。私たちのように、食べることを、なによりの楽しみにしている人間にとっては……。

私は、朝、眼がさめるとすぐ夕飯の献立を考えるのが、長い間の習慣になっている。季節の暑さ寒さからその日の天気の工合……この二、三日の料理など考え合わせて、やっと決まったころ電話がかかり、今夜、若いお客さまが二人お見えになるという。トタンにメニューは全面変更——献立とはそういう風に、その日、その人、その気持で、猫の目のようにクルクル変えるのが、また楽しいということかも知れない。

今日は久しぶりにステーキをおごりましょう——朝、そう決めて仕事の帰りに上等の牛肉を買いこんできた。ところが間もなく帰宅した夫は、めずらしく出先で旧友と逢い、お昼を

一緒に食べた、という。

「ちょいとうまいステーキだったよ」

こちらは、かなりがっかりするけれど、仕方がない。

「へえ――そりゃよかったわねえ」

肉は手早く冷凍庫にしまいこみ、塩鮭、いかの松前づけ、うににお新香いろいろ取りそろえ、お茶漬の仕度をする。

冷凍された牛肉は、四、五日うちに、ロシア風ストロガノフとか、中国流の銀芽肉絲など、姿かたちを変えてお目見得することになる。折角、上等を買ってきたのにもったいない、などとは、こういう時は思わないことにしている。

私は、どんなことでも一々家人に相談するが、献立だけは、ひとりで、勝手に決めている。

朝食がすんだトタンに、

「あなた、今夜なにが食べたい？」

ときいたところで、満腹の男の人に、いい案が出るはずもない。中味はあけてみてのお楽しみ。知らないところに、据え膳の価値がある、というものだろう。

（……それにしても、毎日のことだし……）

ときどきは、やっぱり溜息をついていたら、おかずの材料を配達する、という会社のチラシが新聞に折り込まれてきた。

そこでは一週間分ずつの夕食の献立を決め、利用者が電話で申し込めば、毎日その材料を配達してくれる。普通、三人前で七百円（この頃はもっとあがったかも知れない）ほかに質や量の違うもの三種類。つくり方を書いた紙が添えてある。出来上りを写真で見たかぎり、高くはないようである。

（なんて便利なこと……）

感心しながら、一方では、

（でも、なんだか、身体にあわないお仕着せをきせられるみたい……）

など、と——手放しで喜べないのは、やっぱり年寄りのわがままかもしれない。共働きの若い人なら、すぐにとびつくことだろう。

間もなく、そういう奥さんの率直で丁寧な体験記が、暮しの手帖四十九号にのせられた。読んでから、もう一度サブタイトルを見て、つい、笑ってしまった。

「ありがたいような、ときには、迷惑なような……」まさに、兼業主婦の本音である。

筆者の小森みち子さんは、毎日つとめの帰りに保育園から引きとる児《こ》をおんぶして、夕飯の材料を買ってこなければならない。

おかず会社のことを知り、早速配達してもらい、なんて楽なのだろうと、とてもうれしかったらしい。けれど、何日かつづけるうちに、口に合ったり合わなかったり、しまいには目新しい料理が、かえって重荷になってきたようである。いっそ、じゃが芋の煮っころがしでもいいような気分になったという。

二週間目にご主人は憮然として宣言された。

「もうよさないか、明日もとるんなら、インスタントラーメン買ってくるよ」

結局、この働きものの若奥さんは、

「おかず会社がどんなにすばらしい献立を考えてくれても、それが毎日ぴったりくるということは、ねがうほうがムリ……」

と思われたわけである。その通りですよ、小森さん、ほんとにそうなんです。

私のように、長年、台所をうけもっていると、

(夫は今日、どんなものを食べたいと思うだろうか、なにをこしらえたら、喜ぶだろうか)

おおよそ、感じでわかってくる。脂っぽいもの、あっさりしたもの、目先の変ったもの、それとも――いつもの、アレ。

うちのこしらえ方、うちの味のおそうざいを、黙って食べている家人の満足そうな顔を見ていると、料理した者は苦労を忘れる。

もし――ホトホトくたびれた、と思ったときは、このおかず会社にまかせればいい。インスタントラーメン、カップヌードルを買うのもけっこう。たまには家中で外食したり、もし余裕が出来たら、旅館へ行って、あげ膳、据え膳を楽しむのも一つの変化になる。

つまり、そうやって自分をだましたり、すかしたりしてでも、(毎日の献立は私が考え、

私がこしらえる）その原則を捨てないことが大切ではないだろうか。

美味しい、と思うのは、食べたいと思っていたものを口にしたときである。そして、美味しいものでおなかがふくれると、人間は優しい気持になる。私が今、なにがなくとも、それだけは欲しいと思うのは、人間同士の、ほんのちょっとした優しさ……それだけである。

すべての人間が、朝、昼、晩——一日三粒の丸薬だけで生きながらえる時代になったら、お互いにさぞトゲトゲしくなることだろう。

どうぞ、そんな味気ないことになりませんように……。

うぬ惚れ鏡

この間、ナイターのテレビ中継を見ていたら、長いことスランプをかこっていたA球団の四番打者が、突然、眼のさめるような見事なホームランを打った。その一発が口火になってA球団は久しぶりの勝ち星に恵まれ、その選手は甦《よみがえ》ったように明るい顔でヒーローインタビューをうけていた。野球にはよくある風景である。

私が興味をそそられたのは、彼がスランプから立ち直ったキッカケのことだった。その夜の敵のB球団の大打者が、やっと一塁まで出た彼に「他人の言葉に耳を貸さない方がいいですよ」と囁いてくれたらしい。その一言に胸を打たれ、控室に戻るとすぐ紙に書いて大切にポケットへしまった。そして、次の打席でホームランを打った、という話である。

自信を失ったときの辛さは役者の私にもよくわかる。一度ひどい失敗をして不評を買うと、もう手も足も出なくなってしまう。(あれは役柄が私にあわなかった。脚本がつまらなかった。相手役がわるかった) などと無理に他人のせいにしてみても……自分の不出来は自分のせい。プロに言い訳は通用しない。

思い上ったひとりよがりの芝居も見苦しいが、自信をなくした役者の芸ほどみじめなものはない。立ち直ろうとあせっても、B球団の大打者のように、手を貸してくれる人にはなかなかあえない。ただボンヤリと時がたち、いつか、自然に傷の癒えるのを待つばかりである。

そんなことを幾度もくり返すうちに、齢のせいか、私は居直ることを覚えてきた。

（一生懸命努力しよう——それで駄目だったら、仕方がない）つまり、人の言葉を気にしない……ということである。

それにしても脇役の看板をかけている以上、責任がある。ホームランを打てなくても、塁の走者をバントで送らなければならない。そのためには自分の力の程度をよく知り、ときにはおだてたり暗示にかける必要もある。

沢山のセリフを一日で覚える羽目になったとき、私は（この前も出来たのだから今度も出来る）そう思いこむことにしている。本当は去年より今年の方が記憶力が衰えていることはわかっているのだけれど……そのことには気がつかないフリをする。その方がうまくゆく。

私の居間の鏡台は光線の具合がよすぎて、小さいシミも皺もハッキリ見える。その前でしらけながら化粧をして着替えたあと、私は洗面所の壁鏡の前に立つ。やわらかい灯りに囲まれたその鏡は、老女の顔をやさしくきれいにうつしてくれる。

（フン、まんざらでもないじゃないの）

私はニヤッとして、ポンと帯を叩き……仕事場へ出かけてゆく。
生きるというのはむずかしい。うぬ惚れ鏡も、一つだけは必要らしい。

私は薄情

「ものを頼まれて、それをことわる、っていうことは……ほんとにせつないものよねえ」

浅草のおしるこ屋で、久しぶりに私とおしゃべりを楽しんでいた幼なともだちがフト溜息をついた。いつも陽気なこの人にしてはめずらしい。

「この春、田舎の従兄《いとこ》から息子をあずかって貰いたい、って言ってきたのよ。東京の大学へはいれたんですって……」

一人息子をはじめて手ばなす両親が、彼女の家を手頃な下宿先きと思いこんだのも無理はない。こちらは二人の娘を嫁にやり、長男夫婦とも別居して、こぎれいなマンションに住んでいる老夫婦である。ご主人はながい会社づとめをようやくすませて念願の読書三昧。奥さんは料理や掃除のうまい下町女。つましいながら、寄りそっておだやかに暮している。

「息子の監督は一切あなた方にまかせるから、よろしく頼みます」

従兄夫婦のそういう申し出を、さんざん考えたあげく――彼女はことわった。

「だって、自分の子供だって思うようにはゆかないご時世ですもの。育ち方の違う大学生のお目付け役なんて、とても無理よ。いまの若い人はどんなことを考えているのか、チンプンカンプン、こっちはさっぱりわからない。まるで外国人と話してるみたいよね。頭のいい子だけに、うっかり口を出すと——それは僕の自由です……なんてことになりかねないわ。食べものだって寝る時間だって、年寄りと若いものではまるっきり違うしね。うちの人は義理があってことわりにくい、って言ってたけど、いま、いい顔して引きうけても、すぐお互いにいやな思いをするのは、眼に見えているんだものねえ……」

お詫びの心をこめて、手紙と一緒にまとまったお祝を送ったものの……その後のつきあいはやっぱり、気まずいものになってしまったらしい。親類づきあいを重んじる地方の人にとって、ことわられたということはよほど心外だったのだろう。

「東京の人は冷たい。下町は人情に厚いところだ、なんて大嘘だ」

なにかの拍子にきこえてくる、そんな恨みごとを、彼女はいま黙ってうけとめているという。

「薄情だと思うでしょうね、きっと。でも仕方がないのよ」

どんな思いでことわったか、同じ下町に育った私には、よくわかる。

「あなたと同じことをするわよ、私も……下町女は大体薄情なのよ」

二人の老女は顔見合わせて苦笑して別れた。

むかし、私たちの生れた町にはおせっかいなお人好しが多かった。誰かが困っていると聞けば、すぐ飛んでいって手をかした。不人情なことでもすれば、たちまちまわり中から爪はじきされたものだった。

けれど——一時の情に溺れてあとさきも考えず、自分の力で出来もしないことを引きうける亭主たちは、いつも、しっかりもののおかみさんにおこられた。

「そりゃ、まかせてくれ、っていうときは、いい気持だろうけど、とどのつまりは罪つくりをすることになるんだよ。そんなことをするから物事がこんがらかっちゃう、ってことがわからないのかねえ。お前さんもセッセと蓮根でもおあがりな」

さきを見とおせ、ということである。どんなときにも人情を忘れてはいけないが、うっかりそれに溺れすぎると、すべって転んで却って相手を傷つけるから、気をつけろ——これが庶民の知恵だった。たぶん、暮しにくい世の中を何とか生き抜いてきたあげく、身につけたものだろう。

(頭は冷たく、心は暖かく)

イギリスの労働党の偉い人の口癖だった、というこの言葉を、私はいつも胸にきざんでいる。おっちょこちょいでそそっかしく、ともすれば情に流されやすい自分自身を、よく知っているからである。

それにしても、ことわるというのはやっぱり辛い。

いつでも、何でも——頼まれれば、

「ええ、よござんす、引きうけました」

ニッコリ笑って、ポンと胸を叩いて、

(沢村さんて、いい人だなあ)

ほんとは、そう思われたいんです――私。

けずる

私は鰹節をかくのが好き。ことに花かつおをこしらえるのは、楽しい。

けずり箱の大きな鉋《かんな》の上に、紫色にすきとおった小さい鰹節のシンをそっとすべらせると、箱の引きだしにうす紅い花びらがすこしずつ溜ってゆく。

ほうれん草、こまつ菜、きぬさやなどのおひたしにフンワリかければ、香りのいいこと、見ための美味しいこと。とろろ芋のせんぎりに三杯酢をかけ、その上にひとつまみのせれば、見ためもほんとに美しい。私の献立日記を繰ってみると、三日にあげず花かつおを使っている。

昔、私の育った家の台所には、いつも鰹節が五、六本ぶら下がっていた。一本ずつ横にして、その両端を紐で編んで、風とおしのいいところに干してあった。

「うちで使うのは、かめ節かキズ節でいいのさ」

母はそう言っていた。小さい鰹の片身を使ったのが、かめ節である。桐の箱に入れて祝ごとのおかえしなどに使う本節は大きな鰹の四分の一で、スラリと格好よく出来上っている。それを遠くから運ぶうちに端っこがチョイと欠けたりしたのがキズ節で、ぐっと値段が安くなる。そういうのでも、たたき合わせてカチン、カチンと乾いた固い音がすれば、ものは上等だ、と母はまとめて買っていた。

新しい鰹節をおろすとき、使い方をコンコンと教えられた。

「ホラホラ、ひとっところばっかりけずっていちゃ駄目だよ。よくみて、格好よくかかないとあとで使いにくい。一本の鰹節でも場所によってそれぞれ使い道があるんだから」

まわりの白っぽいところ、黒っぽいところ、赤身はだしをとるのに使うこと。だんだんけずっていって、紫色に透きとおったシンばかりになったら、それはべつにして、花かつおにすることになっていた。人さし指ほどの固いシンを、よく切れる鉋にのせると、ついすべって、指をケガしたものだった。

「オヤオヤ、お前の指でだしをとるのはやめとくれ」

そのたびに、小さく切った万金膏《まんきんこう》をはってくれた。

いま、私の家の戸棚には、そんなシンばかりいつも二、三本瓶に入れてある。どうしてもけずれないほど小さくなれば、そのまま煮出して、味噌汁や煮こみおでんのだしをとる。

おすましの一番だしは、鍋の水にコブを入れ、煮立ちかけたら引きあげて、けずりたての鰹節をたっぷり入れ、すぐ火をとめて漉したもの。味も香りもホンノリとやわらかい。

引きあげたコブと鰹節をもう一度コトコト煮だせば二番だし。コックリした風味は、煮ものに欠かせない。

「こんな固いものを毎日けずるなんて——そんな面倒くさいことをしなくても……」

この間うちへ来た若い娘さんが、私の手もとをみて呆れていた。

なんとなく気ぜわしない今日このごろ——料理のたびに鰹節をかけ、といっても無理かも知れない。忙しいときは袋入りの調味料で間に合わせるのもいいと思う。けれど、たまの休みの日には、けずったばかりの鰹節がどんなにいい匂いがして、どんなに美味しいか、ためしてみたらどうかしら。冷ややっこの味は、さらしねぎと花かつおなしには考えられないような気がするのだけれど……。

関東大震災の日、母は私に鉄瓶のお湯と一緒に、鰹節をもたせて上野の山へ逃がしてくれた。その晩、弟といっしょに野宿しながらそれをしゃぶった。

私がこんなに鰹節をいとおしむのは、あのときの味と香りが、いまだに忘れられないからだろうか。

すぐやる家事課

可愛い少女がひとり、田舎道に立って、

「おかあさーん」

と遠く画面の外へよびかけている。

テレビに、そんなコマーシャルがあった。

私もフッと、そう言いたくなることがある。あれやこれや、せいいっぱい手をかけた料理をならべ、楽しい夕飯をすませたあと、横眼でチラッと流しの汚れものの山をみたときである。

(……母がいてくれれば、サッサとあれを片づけてくれるだろうに……)

あと始末というものは、なんとなく気が重い。

いろんな差し障りを乗り越えて、やっと好きな人と結婚した若いスターが、ある日私にこう言った。

「お料理するってことがこんなに楽しいとは知りませんでした。毎日エプロンをして台所へ立つのが嬉しくて……。ただ、あと片づけはどうもねえ。汚れたお鍋やお皿をみると、うんざりしてしまうんです……」

世帯もち女優の先輩として、私は彼女に何とか助言をしなければならなかった。

「お料理とあと片づけの二つは、くっついているのよ。ワンシーンなの。切り離せないのよ。きれいに片づけなければ、次のシーンにはかかれないのよ、それがどんなに楽しい場面でもね。わかる?」

役者はどんなことがあっても、一つのシーンを途中で放り出すことは出来ない。女優の彼女は、このおかしなたとえばなしを、面白がった。

「あーそうなんですね、わかりました。今夜からそう思ってやることにします」

毎日の暮しの中の雑用には、やりたいこともやりたくないこともある。そして困ったことに、その二つはいつもからみ合い、もつれ合っていて、どうしても分けられない。食事のあと始末をキチンとしておかなければ、次の料理が楽しめないことになっている。

気軽に雑用を片づけるために、私は家の中でもいろんな役を演じることにしている。箪笥の中から好きな着物をえらび出し、鏡の前で念入りに着つけをするときは〈女優の役〉、疲れて帰って、脱いだ衣類の衿を拭いたりたたんだりするときは〈弟子の役〉というふうに……。なんでもいい。とにかく、いいとこどりをしたがる自分をなだめたり、あやしたりして、やる気をおこさせること——そうしないと、私の好きな〈こざっぱりした暮し〉が出来なくなってしまうからである。

嫌いな用事をあとまわしにするのはいけない。ますます面倒なことになる。汚れた茶碗もお鍋も、すぐに洗えばサッときれいになるくせに、しばらく放っておいてからだと、二倍も三倍も手がかかる。

どこかの役所に〈すぐやる課〉というのが出来た話をきいてから、私はわが家の〈すぐやる家事課〉の責任者に就任することにした。

それでも、やっぱり、ときどきは、

「おかあさーん」

とよびたくなるけれど、そのたびに心のなかで、

「ハーイ」

と返事して、サッと思いきりよく立上ることにしている。なんといっても、キチンと片づいた流し場、ピカピカ光る鍋釜の快さが、もう私の身にしみついて、放りっぱなしにしておけないのだから仕方がない。

すぐやる家事課の課長さーん。がんばりましょう……。

風流戦法

「人にうしろ指をさされるようなことはしていないのに……」

　昔、そう言って泣きながら映画界を去っていった女優さんがいた。切れながの眼が美しい、やさしい人だった。生真面目で正直な人柄が、この世界にありがちな無責任な噂に耐えられなかったのだった。

「……あなたが平気でいられるのは、強いからよ、きっと……」

　彼女はそう言ったけれど、私が我慢出来たのは、私自身にいい加減なところがあったせいだと思っている。

　下町育ちの陽気さからか、それとも父親ゆずりの極楽トンボのせいだろうか、とにかく、人の噂はあんまり気にしない。

「なんてったって、世間にゃ大ぜい人間がいるんだからな、皆様すべてにお気にいる、ってなわけにゃあゆかないよ」

　父にはそんなケロリとしたところがあった。母も、

「人の口に戸はたてられないからね。他人さまがなんと仰言《おつしや》ろうと、ご勝手次第さ」

とすましていた。

下町の路地の親たちは、

「他人さまに迷惑はかけるな」

と子供たちに教えたが、

「うしろ指をさされるな」

と言うような固いしつけはしなかった。格別、重んじなければならない家の体面などというものがなかったせいかも知れない。

(恐いのは、他人の指より自分の指——われながら情ない、と思うようなことだけは決して、してはいけない)

それが、粋な生きかた、だと私は娘のころから思いこんでいた。

そんな私が女優になって、(小生意気な女だ)と思われたのは、当然のことだろう。

芸能界には、お人好しで親切だけれど、感情の起伏の烈しい人が多い。なんとなく、おすましのように見える変りものの女優に、なんとか一太刀あびせてやりたい、と思ったのだろう。いろいろ言われたものだった。しまいには、むずかしい台詞をやっとおぼえて、いざ本番という私の横にスッと寄ってきて、私がいやがる、とわかっていることを何気なく囁いたりする役者もいた。

そんなことが積み重なって、とうとう、

（私もやめようかしら）

そう思ったことも何度かあったが、いつも思い直した。

（芝居ものの家に生まれて、この社会の裏表をよく知っているくせに、だらしのない……第一、一生の職業として選んだ道なのだから、いまさら逃げ出すわけにはゆかない）

考えあぐんだ末、思いついたのが、

〈風流戦法〉だった。

敵のねらいは、私の悲鳴である。殺そうとまで思っていないのはわかっている。いつもすましている私が、とり乱してオロオロと泣き声をあげれば、それで満足——手を叩いて嬉しがるに違いない。

（冗談じゃないわ。悪口言った人をよろこばせてやるなんて……そんなことさせてあげないわよ、馬鹿ばかしい……）

相手をがっかりさせるためには、こちらが不死身になればいい。ザックリ切りつけられたはずの左の肩口を、右の掌で軽くサッサッと払って知らん顔。悠然と立っていれば、敵は呆れて、やがては闇へ逃げ去ることだろう。

こっちはまるで、無声映画の大スターみたいにかっこいいということになる。しかし、幕切れに、こちらも抜く手もみせずにサッと一太刀——などという物騒なことは決してしないこと――題して、風流戦法。

この戦法を編みだしたおかげで、私はとても楽になったのは、たしかであった。

この間、知り合いの奥さんがしきりに嘆いていた。やっと子供の手が離れたので、思い切って以前から誘われていた婦人グループにはいった。地道な地域活動は意義があるし、せまい視野が広がってゆくような気がして、仕事は楽しい。ただ、仲間のなかになぜか自分にばかり口うるさく言う人がいて、それが辛い。いっそやめてしまおうか、と迷っているらしい。

「風流戦法をお使いになったらいかが？」

昔の時代劇は見たことがないらしいから、西部劇の主人公になったつもりで、と話したら、

「……いいわねえ、そのやり方……」

としきりにうなずいていた。

あの奥さんはそのうち、ピストルで撃たれたところをサッと撫でて、口笛を吹きながら去ってゆく気持になるかも知れない。

でも――私はときおり、苦笑している。人間というのは勝手なもので、自分だけは、いつもまわりのわからずやからいびられる正義の立役みたいな気になっているけれど、本当は、くらやみから不意に切りつける敵役の方も、ちゃんと演じているからである。そしてそのことは、なるべく自分で気づかないようにしているから――何とも始末の悪い動物である。

肉親との距離

「みなさん、ご活躍でけっこうですね」

他人さまから、よくそう言われる。

私の親類縁者には俳優業のものが多く、それぞれテレビや映画、舞台で働いている。格別世の中の役に立っているわけではないが、職業がら新聞雑誌に名前が印刷されるし、よそさまのお茶の間にもチョイチョイ顔を出すから、何となく目立つことになる。

こういうことになった元凶は私の父である。死ぬほど役者に憧れていたのに、厳格な伯父たちに反対されたため、その夢を自分の子に託した。二人の男の子はもの心つかないうちから子役にされた。はじめはいやがっていた兄もだんだんこの世界の魅力にひかれ、結局、自分の子供たちにも同じ道を歩かせることになった。

弟は、生れつきの役者だった。この人は、きっと、ほかのどんな仕事も身につかなかったに違いない。とうとう、役者バカとして、その命を燃やしつくしてしまった。

別の世界を歩くはずの私も女優になってもう五十年。甥たちの連れ合いも、それぞれ女優。

いとこ、はとこ、その子たち、その縁者——ほんとに役者だらけの感じである。

「みんなで一緒に劇団をつくればいい」

ときどき、そんなことを言う人がいる。

でも私は、あいまいな笑顔で聞き流す。

古典歌舞伎は別として、私たちがやっているドラマは、姿かたちも育ち方も、まったく違う人間の間におきる葛藤がもとになっている。脚本家がそれぞれの役柄を書きわけてくれたとしても、同じような顔、似たような声の役者ばかりでは、観客は興ざめするのではないだろうか。

「この人たちはみんな親類なのよ」

というだけでは、ただのご愛敬にしかならない。

「でも、みんなが一生懸命助けあうから、面白い芝居になるでしょう……」

そう——たしかにその通り。互いに相手を引き立ててやりたい、という気持は充分にある。

けれど……これがむずかしい。

むかし、私が新築地劇団の研究生になって間もなく、新劇の團十郎と言われていた名優丸山定夫さんの娘役をもらったが演出家にしごかれて、手も足も出なかった。とうとう、どうか教えて下さい、と丸山さんに泣きついたが、

「教えるとボクの芸が減るから、イヤ」

とにべもなくつき放された。当時は冷たい人、とうらめしかったが、後年、やっとその意味がわかった。

(教えると、相手のことが気になって、自分の芝居が乱れるから観客に申しわけない)

ということだった。

あれは、弟がはじめて私と一緒に映画に出演したときのこと。舞台俳優だった彼はカメラに慣れていなかった。主役の情婦役の私をいじめるやくざの乾分《こぶん》だったが、動きが大きいので、ともすれば私のかげになり、ライトからはずれて顔が真黒になってしまう。それが気になって、幾度も小声で注意したが……撮り終ってみると、失敗したのは私だった。口惜しく悲しいはずの私が、自分を折檻するやくざの乾分の方を、心配そうにチラチラ見ていたのだから……まるで、姉みたいな顔をして……。

一族が同じ役者である場合、その心の動きは微妙である。

「あなたの弟さんは本当にうまい」

はたからそう言われると、嬉しく、得意な気持になる。けれど、心の中を、

(私は、まずい役者だということかしら)

そんなひがみがチラッとよぎる。

そのくせ、

「あなたの弟さんは——どうもちょっとねえ……この間のはよくなかった」

などと言われると、

(なにさ、わかりもしないくせに……)

とムッとするに決まっている。

役者の親類同士というのは、どうしても比べられる。

兄が賞められ、人気が高まるということは、弟にとって——まるでとなりに高いビルが建ったようなもの。てきめんに陽当りが悪くなり、まごまごすると風邪をひいて肺炎をおこすことにもなりかねない。相手が他人なら、遠くに建ったビル同様——たいして関係ないはずなのに……。

終戦直後、私は兄の劇団にいた。やっと復員した弟も手伝うことになった。兄は映画、弟は舞台と離れていたので、一緒に芝居をするのはそのとき、はじめてだった。座長の兄の出しものを中心に弟が一番目、私は両方の相手をつとめ、仲よく旅まわりをした。

ある地方で、芝居がハネたあと、主催者側二人が楽屋へ来た。こういう興行ははじめて……という素人だったが、予想以上の大入りに、

「この分じゃ、明日、もう一儲けさせて貰えます」

と上機嫌だった。弟は訪ねてきた戦友と一緒に、一足先へ宿へ帰り、兄と私が相手をした。

愛想のいい兄のあしらいに、客はすっかり坐りこんでしまった。

そのうちに、調子に乗った一人が、座長さんにお願いがある、と言い出した。

「イヤア、あんたの弟さんの一本刀土俵入りって芝居にゃあ、まったく感心した。うまいもんだなあ、みんなそう言ってる。そいで、明日は、あっちの方をトリにして貰えねえだろうか。どうもこの辺の見物は平気でおくれてくるからねえ。あの芝居を初めっから見せてやらないと可哀そうだで……」

聞いていて、私は息がとまりそうだった。

「……ええ、かまいませんよ、じゃ、明日は、いれかえましょう……」

兄の返事は、おだやかだった。主催者たちは大喜びで帰っていった。座員たちもあらかた宿へ引きあげて、小屋はシンとしていた。

しばらく、うつむいていた兄は、いきなり手許の金だらいをつかんで、力いっぱい自分の鏡台に叩きつけた。ピーンと切ない音をたてて……鏡が割れた。

そっと楽屋を抜け出した私は、夢中で、出ていった客を追いかけた。

芝居道の掟で、出しものの入れかえは絶対出来ないのです——と、まごまごしている素人興行師を強引に説得し、翌日は無事にすんだが、あのおとなしい兄の青ざめた顔を、私はいまだに忘れない。弟には何にも話さなかった。兄思いの彼がこのことを知ったら……どんなに心を痛めたことだろう。同じ道を歩く一族は、ときどき、こんな辛い思いをする。

その兄も弟も、もういない。いまは私が、親類の役者仲間の長老格ということになってしまった。けれど私は、無責任長老である。ときたま冠婚葬祭の集りに出席するほか、テレビ局の廊下で立ち話をするくらいで、若い人たちの面倒はほとんどみない。主婦兼業の女優という忙しさもあるが……口出しのむずかしさも知りすぎてしまった。

まわりに役者が多いために得をすることも、たしかに……ある。

「この間のアレ、拝見したわ、とてもよかったわ」

他人同士なら、そう言ってお茶をにごすところでも、

「この間のアレ、見たわ、おかしいじゃないの、なぜあんなふうにしたの？　もっと考えなけりゃだめよ」

などと、言いにくいことも言いあえる。弟とは、よくそういう忠告をしあった。

しかし……この頃はもう、そんなことをしなくなった。みんな、それぞれ分別盛りになったし、こちらも齢をとった。経験だけでは割り切れないこともある。相手のためと思いこんでむやみに口を出したりすると、互いに傷がつく。愛憎は微妙にからみあっている。よくよくのときは駈けてきて、わが家のベルを鳴らすだろう。そうしたら——参考になりそうなことを、すこしだけ話しましょう。

この間、私のごぶさたに呆れる甥に、

「でもねえ、うるさい伯母さんより、つめたい伯母さんの方が始末がいいんじゃないかしら」と言ったら——私の顔を見て、ちょっと考えて、

「ウーン、そりゃあ、まあ、そうかも知れないねえ……」と、ニヤッと笑った。

常備菜

小さいころ、キチンと片づいた台所の片隅で、しちりんの上のお鍋がいつもゴトゴトと音をたてていた。静かな午後のひととき、香ばしいお醬油、甘酸っぱいお酢……ときには美味しそうな油の匂いが、せまい家の中にホンノリと漂い、菜箸を持った母が板の間にしゃがんでお鍋をのぞきこんでいた。決まったおかず（主菜）のほかに、いつでもちょいとお膳にのせられるようなもの「常備菜」をこしらえていたのだった。

その時分は、一家の稼ぎ手の父の前に鰻の蒲焼きが出されるときでも、すねかじりの子供たちは里芋とこんにゃくの煮つけのような、たしないものと決まっていた。子供もそれを当り前と思っていたから、母がヒョイとおまけの煮ものを出してくれると、とても嬉しかった。

なにしろ冷蔵庫のないころだから、そんなひもちのいい保存食といえば、大豆と昆布の煮こみ、小えびやアミの佃煮、ごぼうとにんじんのきんぴらぐらいだったが、ときどき、甘く煮こんだうずら豆など出てくると、私たちは歓声をあげたものだった。

このごろ、私もしきりにそういうおかずをこしらえている。不意のお客さまやお弁当など、何かもう一箸……というときにけっこう役に立つことは子供のころから身にしみている。いまのわが家の台所には、小さいけれど冷蔵庫のほかに冷凍庫も備えてあるし、立ち流し、ガス台もあるのだから、仕事の暇をみつけて、せいぜいいろんなものをこしらえておかなければ、母に叱られそう……。

私の得意は、煮豆である。畠のビフテキといわれる豆をフンワリ煮こめばどんなにうまいか、皆さまもご存知だろう。安もののおそうざい、などとさげすんではいけない。まめという言葉には息災という意味もある。相手の健康を願うとき（あなたもおまめで……）というが、これは栄養たっぷりの豆をせいぜい召し上って、病気をなさらないように……ということではないのだろうか——というのは、豆好きの私の偏見である。

では、うちの常備菜二、三をちょっと。

五目豆

なるべく新しい大豆をえらび、カップ二杯につき四杯の水につけて、一晩おく。（小さじ半分の塩をいれる。古い豆なら、さらに一つまみの重曹も忘れずに……）

翌朝、そのつけ汁のまま中火にかける。（蓋を半分ずらし、中に木のおとし蓋をする。もしなければ、そのくらいの大きさのお皿をふせておけばよい）

煮立ったらすぐとろ火にして二、三時間——あるいは四、五時間、ときどき水を足しながら煮る、親指とくすり指でそっと押えて、フンワリつぶれるほどの柔かさになるまで。辛抱がなにより大切。(たった二十分ほど早かったために、まずくて困ったことがある)

その間に、昆布とこんにゃく、にんじん、ごぼう、蓮根をそれぞれ一センチ角にきざんだものを、カップ半分ずつ用意する(ごぼうと蓮根はアクをとるため、しばらく酢水につけておく)

大豆がほどよく煮えたら、まず、ごぼうと蓮根、こんにゃくをいれ、しばらく煮てから、にんじん、昆布を加える(一緒にいれると、ごぼうが柔かくなるまでに、にんじんなどとけてしまう)

どれもほどよく煮上ったら、醤油大さじ三、四杯で味をつけ、十五分ほど煮て砂糖大さじ一杯いれて、五、六分で火をとめる。(わが家は甘いのを好まないが……あなたは、お好みだけのお砂糖を……)

そのまま蓋をして二、三時間ふくませておく。翌朝までそのままにしておけば、なお美味しくなることうけあいである。

どちらかといえば、野菜を敬遠しがちな家人も、私の煮豆の腕があがるにつれて、

「僕は大体、むかしから、こういうものが好きだったんだ」

などと、すましておかわりをするから、げんきんなものです。

ひじき

歌舞伎に出てくるお数寄屋坊主の河内《こうち》山宗俊《やまそうしゅん》は、
「ひじきと油あげじゃ、いい知恵は浮かばねえ」
といきがっているが、あれは思い違いだと私は思っている。ひじきはアルカリ性食品だから、頭がよくなるはずなのです……。

大きめのボールを二つ用意する。一方にたっぷりの水をいれ、乾いたひじきをいれてよくかきまわし、ゴミが沈んだら、両手でひじきだけ、そっとすくってもう一つのボールにいれ、また、水をはりかきまわす。これを三度ほどくり返してから、改めてきれいな水に、しばらくつけておく。(このときにケチケチして下まですくうと、砂が残り、食べてからジャリッとするからご用心)

ふくらんだひじきは、鍋にわかしたお湯でサッとゆで、ザルにあげて水をきる。(びっくりするほどふえるから、気をつけないと、始末に困るほど出来ますよ)

合性のいい油あげは細く切って熱湯をかけ、油ぬきをしておくこと。

深目の鍋に油を少々煮たて、まずひじきをいためてから油あげと少々の水を加え、醤油と砂糖で味つけしてトロ火でゆっくり煮こむと、なかなか美味しい。

かつおの出盛りに蒸しておいたなまり節も、ひじきと合性がいい。こまかくほぐして一緒に煮れば、ちょっとしたご馳走ふう……。(頭がよくなり、ついでに髪の毛の栄養

にもなる、ときけば、多分、ご主人たちも召し上るはず。なつかしいおふくろの味——ということもありますしね）

煎りどうふ

私のところは家族二人だから、味噌汁の実にするには、お豆腐一丁では多すぎる。もったいないから、残った分で、煎りどうふをつくることにしている。

ふきんで包んで、まな板でおしをして水けをしぼっておく。その間ににんじん、ごぼうと、水にもどしたきくらげか干し椎茸をごく細くきざんでおく。ねぎは小口切り。

それを一緒にして少量の油を熱した鍋の中でよく炒めてから、水をきったおとうふをいれて、パラパラになるまで丁寧にほぐしながら煎りつける。味つけの醤油とお酒とほんのすこしのかくし砂糖をまぜてかるく煮たてておき、少しずつふりいれてはまぜ、平均に味がついたら、とき卵をサッと万遍なくかけてちょっと火を通して出来上り。冷蔵庫なら二、三日。冷凍しておけば、一と月ぐらいは味がかわらない。このごろはこういうものは珍しい、というだけで、客うけがよろしいこと……絶対。

きんぴら

ごぼうとにんじんを細く切り、油で炒めたきんぴらはおなじみのおそうざいだが、うちではときどき、ささがきにしたごぼうにとりのもも肉のたたきをあわせて、肉いりきんぴらをこしらえる。ゴマ入りもちょっと風味がある。いずれにしても口あたりのいいように細く、うすく切り、水にさらしたあと、ていねいに油で炒めてからゆっくり煮るのがコツ。おとしよりに（……私もそうでした）よろこばれる。

季節をとわず、白、赤のねり味噌をこしらえておくと、何かにつけて便利である。こしらえかたはごく簡単。

ねり味噌

味噌一〇〇グラムにつき、砂糖カップ半分、酒とみりんをそれぞれ大さじ二杯ずつ、卵の黄身一個を一緒に鍋にいれ、湯せん（焦げつかないための二重鍋――お湯を煮立てた大ぶりの鍋の中に、材料をいれた小ぶりの鍋を浮かせるようにいれこむ）にして木のしゃもじでゆっくりていねいに練りあげる。火はとろ火。大鍋のお湯はときどき足す。

こうしてよく練った味噌は、あれこれ応用がきくから楽しい。

ほうれん草の葉先をゆがいて裏ごしにかけ、白のねり味噌にあわせてすり鉢ですれば、色あざやかなみどり味噌。それに木の芽をすってまぜれば、プンと香りのいい木の芽味噌。筍の季節には、是非欲しい。

三角、四角に切ってうす味に煮こんだおとうふとこんにゃくを、竹串にさし、それぞれに白と赤のねり味噌を塗れば、ちょっとおつな田楽が手早く出来上り、お酒の肴のたしにもなるから有り難い。

さて、今日はお昼すぎに仕事がおわるはず……そうだ、スープの材料をこしらえておこう。

簡易オニオンスープの素

玉ねぎ二、三個を半分に切り、小口からごく薄くきざんでおく。(よく切れる庖丁を使えば涙がこぼれることもない……念のため)

これをバターで炒め、スープをいれてゆっくり煮こめば美味しい玉ねぎスープが出来るが、時間がないときはもうすこし手早くこしらえたい。

うす切りの玉ねぎにかるく塩をふってしばらくおき、フキンにはさんで水気を切る。厚手の鍋に油を熱くして、その玉ねぎを何回かにわけていれ、こんがりと狐色になるまで揚げて、さましてから容器にいれて冷蔵庫にいれておく。

いそぐとき、その玉ねぎをスープ皿に二つまみほどいれて、とかした固形スープをそそげばたちまち、簡易オニオンスープになる。粉チーズをパラリとふれば若い人向きにもなる。味も満更ではない。

常備菜とはつまり、いつでもちょいと役に立つ、おまけのお惣菜——ただし、手ぬきをすると、材料が安ものだけに、誰も見向きもしないという、悲しい運命になってしまうから、ご用心ご用心。

もののけ

この四、五日、掛け布団二枚を抱えて、私はウロウロしてしまった。季節の変りめに使う薄手のもので、かれこれ十年も愛用していたものである。

切れ地も綿《わた》も化繊というのが、その頃のわが家にとっては珍しかったし、フワリと軽いのも嬉しかった。黄と緑の大きい花模様は、老夫婦の部屋を明るくいろどってくれた。けれど……そのあでやかさも陽にあてる度にすこしずつ色あせて、この頃はさすがに見る眼にわびしく……今年はとうとう取りかえた。

スッキリした格子柄はいまの私たちにふさわしく落ちついた気分になったし、新しい木綿の肌ざわりは、気持がいい。

困ったのは古いものの始末である。狭い納戸の戸棚は冬物でもういっぱい。このくらいは……と思っていたのに、どうしても押しこめない。

色こそあせているものの、表も裏も破れているわけではなく、綿もなんとかはいっている。もったいない、病の私はどうも心が残ったが、こうなってはもう仕方がない。細い紐でソッとしばってチリ紙交換車を待った。古新聞、古雑誌のほかに、ボロ切れもどうぞ……という声がときどききこえるからである。

二、三日して、やっとその車が来たが、

「布団はダメ。綿がはいっているから」

と、元気のいい青年にアッサリ断られてしまった。手伝いの娘さんが、

「分別ゴミのときなら、きっと持ってってくれますよ、大丈夫ですよ」

と慰めてくれた。なるほど、切れ地も綿も化繊だから、燃えないゴミのうちかも知れない。けれど……その日の朝、私はその布団を運んでゆく勇気がなかった。破れてもいないものをゴミの仲間に入れてくれなんて——そんな冥利の悪いことを、いい年寄りがどうして言えるだろう。

「持ってってくれましたよ」

彼女がそう言っても、私は黙ってうなずくだけだった。まだ使えるものを捨てたことが、こんなに恥しい、という老女の気持を……わかってくれる人はあるまい。

昔は古いものは古いなりに、使ってくれる人がいた。私の育った下町では、働きものの若い男女が、やっと世帯を持とうという時、まわりの先輩たちが、「当分、これで間に合わせておきな」と古い道具をひっぱり出し、若夫婦もよろこんでそれを運んでいった。年寄りたちはそのために、使わなくなったものも、大切にとっておいたものだった。

いまは——違う。ハワイやグァムの新婚旅行も月賦で行ける時代である。若い人に、

「この椅子、古いけれど、いらない？」

などとウッカリ口に出したら、ジロリと睨まれそうで気が重い。ホンの僅かな頭金だけで、いますぐ手にはいる新品がまわりにうずたかく積みあげられていることだし、ほとんどの人が「中流意識」だそうだから……。

それにしても、ものが多すぎるのではないだろうか？ 誰でもみんな、人間らしく気持よく暮せるように……とは思うけれど、そのためにこんなに沢山のものが必要だとは、私はどうも思えない。この国は狭いし、小さい家に住んでいる人が多いのだもの。

私が娘の頃、一生ものという言葉があった。

「これはいいものだから、大事に使えば一生もちますよ」

品物を売る人がよくそう言った。げんに、私が毎日使っている針箱や簞笥は、五十年近くも前のものである。戦争中、疎開荷物としてあちこちさまよい歩いたけれど、職人さんたちが心をこめて作ったせいか、いまもシャンとしている。色は古びたし、小さいキズはあるけれど、まさに一生ものである。私のような庶民暮しに必要なのは、こういうたしかな物ではないかしら。

古い布団を捨てた夜、おかしな夢をみた。

デパートを歩いていた。何かを買おうとしていたのに、洋服や家具、時計や玩具が山のよ

うに積みあげられていて、歩けない。

(いくらなんでも、品物が多すぎるわ)

つい立ちどまって溜息をしたら、眼の前の大きな飾り棚が、気味の悪い声を出した。

「あんたは豊かな暮しが嫌いかね……」

ゾッとしながら一生懸命言い返した。

「だって私の家はうさぎ小屋みたいなものだし、こんなに沢山あったって……」

「ドシドシ作らなけりゃ、世の中は不景気になってしまうぞ」

「でも……いいものを少し作って、皆がそれを大切に使えば、月賦にも追いかけられないで、気持が豊かになると思うわ。儲けるために、むやみにものを作る人が多すぎるんじゃないの……」

トタンにまわり中のものが、わめき出した。

「生意気言うな」「経済の仕組みもわからないくせに」「お前なんかこうしてやる」

まわり中からドッと一度に襲ってきた。

(アッ、誰か……たすけて……)

よっぽど苦しそうな声を出したのだろう。家人にゆり起されたが、胸の動悸がなかなかおさまらない。

「どうしたの？　うなされてたよ」

私は昔の物語の中の姫君のように、かぼそい声でキレギレに言った。

「あのね、もののけに襲われたの……」

「え？　何に襲われたって？」

「……もののけよ……」

家人は妙な顔をしていたけれど、それはたしかに物怪《もののけ》だった。むなしく積み重ねられた、おびただしい品物の死霊にちがいない、と私はいまも信じている。

ヤジロベエ礼讃

焦げ茶地に黄色い線描きでヤジロベエを散らしたお召《めし》の単衣《ひとえ》は、私の好きな着物だった。かれこれ二十年、毎年その季節になると何度か手を通した。今年も衣更えの日に納戸から出してみたが、さすがにどことなく古びて、もう人前では着られそうもない。

(この柄が好きなのに……)

衣桁にかけて、しばらく眺めていた。いつだったか、若い女優さんにきかれた。

「これ、何の模様ですか?」

ヤジロベエを説明するのはむずかしかった。いまの人は、そんな玩具を知らない。

私が初めてこしらえ方を習ったのは、たしか小学校三年生の手工の時間だった。

辞書によれば、ヤジロベエとは、

(科学玩具の一。物理学の重心安定の理を応用。立棒の上端にT字形に横棒をつけ、横棒の両端に重い物体を取りつけて左右を平均させ、立棒が倒れないようにしたもの)

振分荷物を肩にした弥次郎兵エの名をつけた釣合人形、とも書いてある。

私の先生はそんなむずかしいことは仰言らなかった。細い篠とゆでた豌豆《えんどう》でこしらえる、面白い人形ということだった。短い篠の縦棒が胴、長い篠の横棒が手――その二本を豌豆でT字につなぎ、手の両端に、荷物の代りに豆をさす。その篠の長さと豌豆の大きさがうまく釣り合えば、人形は自分の人さし指の上にちゃんと立つ――筈だった。

なかなか出来なかった。文房具屋で買ってきた篠は折れるし、母にゆでて貰った豌豆は割れてしまうし、泣きたくなったとき、私の人形がとうとう私の指の上に立ったのだった……フラリフラリと左右に揺れながら――とても嬉しかった。たよりなさそうで、しっかりしている、私はそんなヤジロベエが大好きになった。

それから何十年。世知辛い世間で暮しているうちに、人間は皆、この人形のようになんとかバランスをとって生きている――そう思うことがよくあった。荒い波風の中で倒れないために、無意識のうちに両手の荷物を平均しようと一生懸命になっている。

久しぶりにテレビドラマで一緒になった老脇役が、しきりに出演料の安さを嘆いた。

「……僕たちは何十年も血の出るような苦労をしてきたのに、昨日今日の若造がこっちの五倍も十倍もとっているときくとねえ……役者をやっているのがいやになりますよ……」

たしかにその通りだけれど、愚痴を言い合っても仕様がない。葉っぱの脇役が花の主役と釣り合いをとるための理由をみつけなければ……。

「でも、花の命は短いわよ。私たちは何十年もずっと出演料をとってるし、これからだって、皺一本いくら、ってわけだもの」

トタンに彼はニッコリ、うなずいた。

「そういえば、たしかにそうですね」

上機嫌になった。両手の荷物は同じ重さになった。ヤジロベエは私たちの指の上で揺れながら、立ったわけである。

テレビの録画で、若いアナウンサー嬢と話している素顔の自分をながめていたら、ひざの上に重ねた手が急に気になった。

（マア、フシの高い手……みっともない）

かんじんの話の内容はそっちのけになってしまった。台所仕事をやりすぎるせいだわ、とがっかりしたが、フト、

（でも、そうやって自分の口にあうものを食べているから、この齢でこうして健康なんだもの、今更指がどうだって、そんなこと）

そう思ったら、たちまち話の中味がきこえてきた。心の中で釣り合いがとれたからである。

昔、兄の劇団を手伝っていたとき、地方の役所へ行く用が出来た。ちょっとした届けを出すだけなのに、窓口に坐った中年の役人は痩せた肩をそびやかしてノロノロと書類をよみ、こちらの質問に返事もしない。（この人は、庶民を待たせることでおかみの威光を示す気なのかしら）とイライラしてきた。

とうとう昼休みになってしまった。仕方なく、外でお茶を飲んで戻ると、その人は電話に出ていた。その顔の優しく明るいこと――別人のようだった。相手は奥さんらしい。小さい声で笑ってさえいた。

もう一度、入口の固い木の椅子にかけて、退屈しのぎにあれこれ想像してみた。

（この人はちょっと気の弱い甘えん坊に違いないわ。真面目に勉強して望み通り公吏になったものの、人づきあいも下手だし運も悪くて同期の人達より出世がおくれたのよ、きっと。愛する妻子の期待に応えられない自分の不甲斐なさにときどき深く失望する。それでつい、眼の前の庶民に八つ当りして、己れの権威を示そうとする――なめるな、俺はこれでも政府の役人なんだぞ――そう思うことでどうにかバランスをとってるのね）

しばらくして、やっと窓口へよばれた。彼はまた眉間にたて皺をよせ、しかつめらしく書類をめくったが、私はもう怒らなかった。

（それで心の釣り合いがとれるなら、せいぜい尊大な顔をなさいな。ノイローゼになって奥さんを心配させたら、お気の毒だもの）

二つ三つ空咳をしたあと、いやいやそうに判を押すまで、私はじっと待っていた。

いくらヤジロベエ風に生きようとしても、片手に持たされた荷物が重すぎて、それに釣り合うものが見つからない時がある。老化というのは、そんな重荷のような気がする。

（亀の甲より年の功）などと唱えてみても、すぐあとから、（老《おい》の一徹）（老の僻耳《ひがみみ》）（麒麟《きりん》

も老いては駑馬《どば》に劣る）

などの佗しいことわざを次々と思い出す。

なにしろ、生れた時は百億ある、という人間の細胞が、二十歳をすぎれば毎日、十万前後ずつ死滅する、ときいてはやっぱり心細い。そんなことを考えてクサクサしている時、嬉しい言葉を耳にした。

（ローバは一日にしてならず）偉大なローマ帝国は長い間の努力と歴史の結果、建設された、という言葉をもじって、不安な老婆の心を慰めて下さったらしい。

大よろこびで、早速あちこちに吹聴してまわったあとで出自は、作家・戸板康二先生だと教えてくれた人がいる。

（私も、ちょっとやそっとの努力ではこしらえられない、貴重な老婆の一人です）

などと勝手にきめこんで得意になっているのが、ちょっと恥しい……。

でも、おかげさまで私の心の中のヤジロベエは、なんとかバランスがもてるようになったのですから、（老の繰り言）と、どうぞお許しを……。

ふたころめ

プンと柚子の香りのするつややかな白菜の漬物には、冬の食卓にかかせない深い味がある。寒い間、塩蓋の下でゆっくり冬眠しているぬか漬けに代って、私たちを楽しませてくれる。昔、家族の多い家では、十株から二十株の白菜を漬けたものだった。私が水道ばたで手を真赤にして洗いあげた二つ割りの株を、横に倒した雨戸の上に積みあげる。それを母が端からセッセと四斗樽《しと》に漬けこんでいった。暖かくなる頃には、底で押された株は飴色にすきとおり、それがまた格別の味だった。

いま、わが家で漬ける白菜は、一度にたった二株である。それを食べ切るころにはまた二株……と冬の間に四、五回は漬けている。

桶は一斗入りの酒の空樽。うちには、すこし大きめだけれど、なんといっても木の香りがなつかしい。近所の酒屋のご主人がゆずってくれたものを大切に使っている。胡瓜や茄子のぬか漬けが幅をきかせている間、納屋の隅に片づけられている木樽は、すっかりはしゃいで箍《たが》がゆるんでいるけれど、二、三日、洩れても洩れても水を張るようにすれば、シャンとしまって、もとの姿に戻ってくれる。
しっかり葉のまいている重い白菜をえらび、上っ側の汚れたところ二、三枚をとり、白く固い芯の頭に庖丁をあて、縦に二、三センチ切る。そこへ両方の親指をいれて、そっと裂くようにすれば、組みあった葉が自然にほぐれて葉くずもすくなくてすむ。大きさにもよるが、私はこうして一株を八つか十に切る。小家族の一食分の適量である。
そのまま一切れごとにパラパラとかるく塩をふり、大きい竹笊に並べて風とおしのいい陽蔭に一日さぼしておけば、しんなりして洗いやすくなる。(このとき丁寧にゆすいでおけば、漬けあがったとき、そのまま食べられるから味がおちない)
水を切っている間に、一緒に漬けこむ材料を用意する。白菜二株について、柚子一個、マッチ箱ほどに切った昆布十二、三枚、とうがらし三本、天塩四にぎり(大匙八杯ほど)をきれいに拭いた木樽の中に、なるべく平らになるように、株の頭と尻っぽを組み合わせながら一かわずつ並べ、その度ごとに、昆布と柚子の輪切り、赤とうがらしを散らしてゆく。漬け終ったら、木のおとし蓋をして、その上に大小二個の漬けもの石を、平均に力がかかるようにのせ、ビニールの風呂敷をかぶせて台所の隅におく。三日ぐらいして、水があがってきたら石を大一個にする。また一日二日の水の工合で、今度は小一個に替える。その時の気温にもよるけれど、およそ五日ぐらいで食べられるようになる。あと、二、三日でおしまい、という頃になったら、小さい容器にうつし、樽は洗って、次の二株を漬ける用意をする。

新しいものが食べられるまで、私はわざと一日、二日あけるようにしている。いくら美味しいものでも、続きすぎては飽きがくる。小かぶ、キャベツ、にんじん、大根などの千切り、薄切りに柚子の皮や紫蘇の実などをまぜた塩漬け、一夜漬け、ときには沢庵をこまかく切って水にさらし、ゴマや花かつおをまぜたカクヤなどで気をかえれば、次の白菜の味がまたひとしお引きたつ、というわけである。

美味しすぎる白菜の漬物のために、不幸になった哀れな娘の話を、子供のころ母にきかされた。

家中の人から、宝もののように大事にされて育った豪農の末娘が隣村へお嫁にいった。三日三晩、村中が引っくりかえるような賑やかな婚礼だった。けれど――人形のように可愛らしいその花嫁は、一と月たたないうちに実家へ帰された。ことのおこりは白菜漬けだったそうな。お姑さんに言いつけられて四斗樽から白菜を出したお嫁さんは、しぼってマナ板の上にのせ、一寸（三センチ）ほどに切っていった。舅《しゅうと》、姑、小姑、夫と自分のお膳にそれをわけるとき、彼女はあたまから二つめを、まず自分の小皿にのせた――実家の母が、いつもそうしてくれたように……。あどけない新妻には、なんの悪げもなかったのだった。しかし、「このような女子《おなご》は、うちの家風にはあいません」

仲人を通して伝えられた姑の言葉に、生家の母はただ、うなだれるばかりだった。

（私のしつけが行きとどかなかった……）

どんなときも、まず可愛い末娘の小皿にのせてやった二切れ目——ふたころめは、白菜漬けのいちばん美味しいところだった。

（可哀そうなことをしてしまった……）

思いがけなく、離婚の憂き目をみた新妻は、おとなしい夫との悲しい別れを憶い出して、ただ毎日泣き暮した。その家では、冬になっても二度と白菜は漬けなかった、という話。

ところであなたは、誰方のお皿にのせますか？　ふたころめを……。

私？　もちろん夫の小皿に……。

（でも、ほんとは彼はお漬物は一口しか食べないんです。ですから結局、私が……残りものを片づけるような神妙な顔をしていただきます。まことにいい工合です）

目秤り手秤り

拭いても拭いても、額のはえ際にジットリ汗がにじむような蒸し暑い日、母はよく白玉《しらたま》をこしらえてくれたものだった。

「暑さよけにはこれがいちばんさ」

ガラスの小鉢にいれた十粒ほどのまゆだま型のおだんごに、ブッカキ氷を三つか四つ、上から白砂糖をほどよくかけて、匙でかきまわす。氷とガラスがふれあう涼しい音。すべすべした白玉の舌ざわり。冷たく甘い水の味のよさ——キャンディーもアイスクリームもめったにない頃だった。

もち米を細かく挽《ひ》いて、晒《さら》した白玉粉を水でこね、掌で親指の先きほどの繭型にまるめる。鍋にたぎらせた湯の中へ、はじからソッとすべりこませ、ポッカリ浮きあがったら出来上り。丼鉢の水の中へ、一粒ずつ掬《すく》っては、冷やしてゆく——母の素早い指のうごきに、小娘の私はいつもみとれていた。

梅雨があけ、カーッと照りあがったある日の午後、母から、

「チョイと出かけてくるからね、白玉をいつもほどこしらえておくれな。父さんも今日は早く帰ってくるからね。お前、ひとりで出来るだろう？」

そう言われて嬉しくて、ニッコリうなずいたものだった。

けれど、二時間ほどして母が帰ってきたとき、私はぐったり疲れて台所に坐っていた——大きな洗い桶いっぱいの白玉を前にして……。

のぞきこんだ母は目をまるくした。

「オヤオヤ、こりゃあ、まあ……二十人前はたっぷりあるね」

たしかにそのくらいはあった。私はそんなにこしらえるつもりじゃなかったのに……。

つまりは、粉と水の割合のせいだった。母から渡された一袋の白玉粉を丼にあけ、蛇口から水をジャーッといれたら、シャバシャバになって、どうにもかたまらない。仕方がないから通りの乾物屋へ駈けだして、白玉粉を買ってきて、丼の中へサッと入れると——固すぎる。水をいれる。柔かすぎる。とうとう、三度も乾物屋へ走るハメになり、あげくの果てに桶いっぱいの白玉ができてしまった、というわけだった。

「こういうものはね、いきなりザッと水をいれちゃいけないよ。目秤り手秤りといってね、固さ柔かさ、自分の目と手でよく計らなけりゃあ……。蛇口の水を掌のくぼみに受けて、白玉粉の上にそっとあけて、おおよそ水がまわったと思ったら、あとはホンのひとたらしずつふやしながら、耳たぶほどの固さになるように、丁寧にこねなけりゃあ……」

計量カップもスプーンも使っていなかった母から、こうしてものの加減を仕込まれた私は、いまだになんでも目分量、手加減で料理する癖がついている。

昭和十六年に、料理研究家の沢崎梅子さんが、婦人之友社から『家庭料理の基礎』という本を出版されている。その中の、目秤り手秤りの項は教えられることが多かった。

たとえば、掌の幅はおよそ一〇センチ。親指の長さは五センチ。その幅は二センチ。小指の幅は一センチ見当ということを知っていれば、なにかと重宝する。さつま芋を二センチ角のサイコロに切ってかき揚げでもしたいとき、自分の親指をチラリとみれば、丁度いい大きさに切れる、というわけである。

鍋の深さが人さし指ほどあって、さしわたしがその二倍あれば、そのなかには四合の水がはいる。二合いれたいときは、半分までいれればいいということも、覚えておいていいことだろう。

材料を片手にのせてはかるときは、玉子四つで――二〇〇グラム。同じくらいの大きさの根菜（里芋、にんじん、さつま芋など）も、四つで二〇〇グラムだけれど、それを細かくきざんだものは、同じ掌いっぱいでも一〇〇グラムになる、という。

塩は一握りで大匙二杯分。小指と薬指をはずしてつかめば大匙一杯分。同じその三本の指でも、指の先でつまめば小匙半分。親指と人さし指の二本でつまめば小匙四分の一、というのもはじめて知った。

念のため自分でその通りにつかんで、それを計量スプーンではかってみた。私の指は節が高くなっているから、もうすこし多くなるのではないか、と思っていたが、ほとんど、ここに書かれた通りだった。

ただ、このごろは塩の質が変っているので、三本指でつかむと、指の間からサラサラこぼれて、多少分量がちがう。私はもっぱら、漬物用の天塩のとき、このやり方を使っている。

私の母は、野菜をきざむとき、自分の口の幅を考えなさいよ、それより大きく切ると食べにくいからね、と教えてくれた。それなら、大きな口の人に切ってもらっちゃ困るってわけね、と言ったら、そういうことを言うのは、へらず口さ、と叱られた。

とにかく、目や手ではかる昔ふうのやり方は、慣れるとなかなか工合がいい。外の仕事の合間に、台所を走りまわる私にとっては、まことに便利な方法で、スプーンやカップをさがす手間がはぶける。ただし、この秤りは自分でよくよく使いこんでおかないと、役に立たないどころか、とんでもない失敗をすることになってしまう。

さあ今日も、この指をせいぜい働かせて、おいしい白玉をこしらえましょう。

便利過剰

電話で用事をすませようとする場合、相手に対して、私は、

「電話で失礼でございますが……」

まず、そう詫びる。(本来なら、お宅へお伺いしてお話ししなければならないところですが……)ということである。

しかし、日本中に四千五百万個——おおかたの家庭に電話がひかれている、という現代、そういう心づかいの意味はほとんどなくなった。世の中の仕組みがだんだん混みいってきて、お互いに雑用に悩まされている今日この頃である。

(いちいち訪問されるのは却って迷惑。たいていの用事なら、なるべく電話ですませてもらいたい)

そう思う人が多くなっているらしい。

いま、私たちが気を使わなければならないのは、あの人のところへ電話をかけるのは、何時ごろがいいだろうか、ということだと思う。

二、三カ月前のことだった。テレビの仕事で帰宅がおそくなり、私が床についたのはもう暁方だった。おひるすぎにはまた出かけなければならなかった。あせりながら、やっと眠りこんだトタンに電話のベルがけたたましく鳴った。

おぼつかない手で傍の受話器を取りあげたものの、頭がボンヤリしていて相手の話がのみこめない。講演の申し込みだとわかったのは、しばらくしてからだった。電話の主は遠い地方のお役人である。丁度その頃、私の出演していたテレビドラマのテーマが、話題をよんでいた。

「……私の役所の上の人たちも、是非お話を伺いたい、と熱心にのぞんでいられます。万障お繰り合わせの上、ご来県願わないと、庶務としての私の役目が果せません。お忙しいようですから、お出かけになる前にお電話した次第でありまして……」

いんぎんなもの言いは、五十すぎだろうか。職務に忠実なお人柄らしく、(本職の女優業が忙しくてお伺い出来かねる……)という、こちらの都合を理解していただくのに骨が折れた。受話器を置いてホッとしたとき、枕もとの時計は六時半だった。

役所づとめの人にとって、その時間は、非常識に早い、とは言えないかも知れない。けれど……毎日不規則な仕事をしている女優にとっては、かなり辛い時間である。

そのまま寝そびれて頭が痛く、午後からの仕事はどうもうまくゆかなかった。大事な場面だったのに……。

六〇粁《キロメートル》以上の長距離電話の場合、午後八時から翌朝七時までの間は、約四割の料金割引がある、ときいている。

（役所の費用もなるべく節約しなければ……あの人そう思っていたのかも知れない。なにしろ遠距離だから……）

などと、ものわかりのいい顔をしてみたものの、あの電話はうらめしかった。

私の友人たちは、食事の前後には決してベルを鳴らさない。その時間は料理やあと片づけで眼のまわるほど忙しいのをお互いに知っているからである。もし、相手の暮しのリズムがわからないときは、午後一時から五時ごろまでにかけてみるのが、まず無難ということだろう。こみいった話や、仲間同士でおしゃべりを楽しみたいときは、

「いま、長電話してもかまわないかしら」

と、たしかめあう。かけられた方が、もし都合がわるければ、

「すまないけれど、一時間ほどしてから、かけ直して頂戴」

と言う。そうすれば、おやつの大学芋が揚げすぎで真黒になる心配もない。

それにしても、間違い電話のふえたこと、どうだろう。かける前に、相手の番号をたしかめる、というごく当り前の手つづきを面倒くさがるようになったのか……ほとんどの人が中流意識をもっているようだから、電話代の無駄ぐらい気にしないのかも知れないけれど、その度ごとに電話口までよび出される方は、相当、迷惑する。すくなくとも、同じ間違いをく

り返さないように、という老婆心で、

「違いますが……何番へおかけになりましたか」ときいても返事もしないで、

「アレ、おかしいな」

と言うだけ……、すぐまた、かけてくる人がいるのには、溜息がでる。

私はそそっかしいから、きき違いや思いこみをしないように、電話のそばにメモ用紙と鉛筆がおいてある。話がすんだら、書きとったことをもう一度、読みあげて念を押すところは、少々くどいようで気がひけることもあるけれど、私の仕事の性質上、日にちや時間をいい加減に出来ないので、かんにんしてもらっている。

是非、話したいときは、呼び出し音を十回までは鳴らさせてもらう。五回では短かすぎる。相手はいつも電話のそばにいるとはかぎらない。庭掃除の手をやめて、あわてて駈けつけたトタン切れたりすると、（いまの電話、どこからだったかしら）などと余計な気をつかわせることになる。たしかにご在宅のはず——と思っても、十回以上は鳴らさない。どうしても出られないときもあるだろうし、たまには、出たくないこともあるだろう。

なんといっても、電話は声だけの応対だから、うっかりすると相手を不快にしてしまう。敬語のつかい方の間違いなどは、マアご愛敬として許していただくとしても、ケンもホロロの切り口上は相手の耳にあとあとまでもいやな感じを残してしまう。私は何かで不機嫌になっているときベルが鳴ったりすると、たとえ傍にいても、呼び出し音三回分くらいは待ってもらって気をしずめてから受話器をとることにしている。私のイライラは電話の向うにいる人に、何の関係もないのだから。

とにかく便利な世の中になった。留守番電話は当人に代って連絡先を伝えてくれるし、走りながら、命令したり、されたり出来る自動車電話も開通された。車同士の通話も間もなく可能だという（つまり、どこにいても摑まえられるということ）。ホームテレホン、キャッチホン、ビジネスホン——その他いろいろ。老人にはおぼえ切れない。

これは内緒だけれど、私がひそかに、なるべく実用化されませんように、と祈っているのは、テレビ電話である。狭い家だけをわが城と思いこみ行儀の悪い格好で、デレンコ、デレンコくつろいでいるとき、その姿を電話の相手に見られるなんて耐えられない、と嘆いたら、若い人に大笑いされた。

「こちらにも設備がなければうつりませんよ。お宅はそんなもの買うわけがないでしょう、どうせ、文化果つるところなのだから、大丈夫、心配なし……」

ヤレヤレよかった。

それにしても、人間がしあわせに暮すために、そこまで便利になる必要が……ほんとうにあるのかしらねえ……。

マーク入り

夫のセーターを買うために、久しぶりで百貨店へ行った。

紳士用品の売場には品物が溢れていた。男のお洒落も本格的になってきたらしい。

そのくせ、年寄りが気楽に着られるような、地味で気の利いたものはなかなか見つからない。色も型も若もの向きばかりである。

やっと一枚さがしあてた。少々値は張るが品質はいいし、すっきりと垢抜けている。

ところが……惜しいことに、左の胸の上に鮮やかな縫いとりの模様がついている。子供じゃあるまいし、まさか、可愛い動物を縫いとりしたセーターを夫に着せるわけにはゆかない。

もう一枚、まあまあというのを見つけたが——やっぱり、なにかついている。

「あの……この型で、こういうものがついていないのが欲しいんですけど……」

売場のお嬢さんにきいたが、ないという。

「仕様がないわねえ……この模様、とれないかしら」

縫いつけたものなら、なんとかはずれないこともあるまい、と未練がましく手に持ったま

ま、しげしげと眺めていたら、係りの人がそっと傍に寄ってきて、

「失礼ですけれど……これは有名品のマークなんです。これがついているから値打ちがございます。とても流行しております」

親切に教えてくれた。

「へエ……そうですか」

私はまったく知らなかった。

結局、そのセーターはあきらめて、もう一度さがしまわり、平凡だけれど厭味《いやみ》のないものを買って帰ってきた。

それにしても、ああいうマーク入りのセーターが流行しているというのは、なんだかおかしいような気がする。

大体、製品に対する自信と責任をあらわしている老舗のマークというものは、目立たないところにつつましくつけられていたものだった。それがあんなに派手に浮き上ってきたのは……買う人の好みがそういうことになってきたのだろう。

だけど、その会社の宣伝マンでもないのに、あんなにハッキリと印のついたものを着たりして、ちょっと面映《おもはゆ》い気がしないのだろうか。それが高価なものであればあるほど（これみよがし）に見えるかも知れないし、ときには（包装紙は上等だけれど、中味はすこし……ね）などと、自分自身にきまりが悪くならないかしら。

昔、下町で出入りの職人さんたちに印袢纏を配るときは、たっぷりご祝儀を添えたものだけれど、いまの若い人は、高いお金を出して、印セーターを買っているわけね、と言ったら、

「それは、流行のものは何でも毛嫌いする意地悪ばあさんの考え方ですよ、古い古い」

とアフロヘアーの青年に笑われた。

でも……マークにばっかりこだわるから、鞄やネクタイの偽物がこんなに横行するのではないだろうか。

(もしかすると来年、この人たちの間に流行するものは、たしかに偽物とわかる偽物、ということになるかも知れない)

マケソウ、、、

「人間の名前なんか、一種の符丁なのだから、間違われたって別にどういうことはないさ」
そう言っていた人がいる。

でも——たいていの人はやっぱり、自分が違う名前で呼ばれたり書かれたりすると、いい気持がしないのではないかしら。商売上の符丁だって、間違えれば混乱がおきる。

俳優は一日か二日で五十も百もの台詞を覚えたりするから、記憶がいい、と思われ勝ちだけれど、セリフ以外のことはどうも、という人が案外多い。私など若さと美貌がないのだからせめて……と努力しているけれど、ほかのことはさっぱり駄目。

(こんなことは、まあ覚えなくても……)

などと自分を甘やかしているせいだろう。

一番苦手なのが人の名前である。たしかに二、三度逢った人——と顔はわかっていても、名前がまるで思い出せない。ナポレオンは大勢の部下たちのフルネームをよく覚えていて、その人たちを感動させたらしい。役者は別に人の上に立つ商売じゃないのだから——などと言ってみても、相手を不快にさせては申し訳ない。親しそうに話しながら、どうしてもその人の名前がおもい出せないとき――ほんとに、せつない。

M新聞社の記者Oさんは、むかし、撮影所やTV局でお逢いするたびに、

「沢村さん今日は――M新聞のOです」

と何気なく言って下さった。しまいにはこちらから、

「Oさん今日は――もうよくわかりましたから」などと恐縮したものだった。

相手の困惑を救い、自分の不愉快さを避けるためにはいい方法だと思う。私も真似して、たまにお逢いする方には、

「今日は、沢村貞子です」

と初手から名乗ることにしている。

役者という商売は、いつもテレビや映画でみなさんに顔をお見せしているし、新聞や週刊誌に名前が出ているから、(私のことは誰でも知っていて下さる)などと思いこむと大ちがい。なんとなく覚えた名前は、なんとなく間違うものである。

いつだったか、テレビ局から私の家へ迎えの車を寄越してくれた。運転手さんは年配で物腰の柔かい人だった。走り出すとすぐ、

(自分の一人娘があなたのファンで、あなたの舞台を欠かさず見に行っている)

と嬉しそうに話しかけたが、どうもおかしい。私を杉村春子さんと思いこんでいることは

すぐわかった。私の名前を書いた伝票を持ち、私の家の表札をたしかめてベルを押したはずなのに……。訂正したいと思ううちに、眼の中へいれても痛くないらしい一人娘の、それとない自慢話が始まって、どうもキッカケがつかめない。降りしなにやっと、

「私、沢村貞子なんです。よく杉村春子さんと間違われるのよ」

そう言い捨てて局へ逃げこんだが、あんなときはお互いに、ほんとに照れくさい。

手紙の宛名が、間違っていることもよくある。私の本名は、大橋貞子（おおはし・ていこ）、芸名では同じ字を（さだこ）とよんでいるが、この貞という字は近ごろあんまり使われないようである。この間もある大きい商店に電話で品物を註文したとき、若い女店員さんにきかれて、

「貞操の貞——貞節の貞——貞女の貞」

といろいろ言ってみても一向に通じない。やっと、分ったと言ってくれたが、やがて届いた品物の宛名は、

「択村真子様」

配達のおじさんが、判じものみたいで骨が折れた、とブツブツ言っていた。

そういう私も齢のせいで、よく字を忘れるので手許に何冊かの辞典をおいて、あやしいときはたしかめることにしている。その字引の一冊についての分厚い広告文が昨日配達された。

何気なく宛名を見て、アッと思った。

「沢村負子様」

多分、アルバイトの学生さんが無雑作に書いたのだろう、ほかの品物なら、またかと笑ってすまされもしよう。けれど、広告の中味は辞書である。しかも、間違いを正してもらうために、すでに愛用していた字引である。

机の左側においてあるその本が——急になんとなく、たよりなく思えてきた。しらけた気持でもう一度、封筒をたしかめた。

沢村負子様——アタシ、マケソウ。

目にたまる水

私には昔からおかしな癖がある。うっかりするとすぐ、涙という字を泪と書いてしまう。その度に夫に注意されて、このごろやっとその癖がなおってきたけれど、一体、何時どこでこういうことになってしまったのかしら……。よく考えてみたら、私は子供の頃、涙のことを（目にたまる水）と言っていた。そのせいで、泪という古い俗字が身近かに感じられ、それをおぼえこんでしまったらしい。

年中、風邪ばかりひいていて、神経質な泣き虫だった私に母はよく言ったものだった。

「女の子は泣いちゃいけないよ、何でもじっと我慢しなけりゃ……」

私はなんだかヘンだと思った。近所のおばさんたちは、息子がベソをかくと、いつも、

「男の子のくせに泣くんじゃないよ。男は強いんだからね、我慢しなけりゃ……」

そう言っていたからである。

女の子は弱いのに、何故泣いちゃいけないのか、と母にきいたら、

「泣いていると、ご飯の仕度がおそくなるからさ」

と、すまして答えた。

世の中、何が起ろうと人間は食べなければ生きていかれない。その大切な台所を引きうけている女がメソメソ泣いてばっかりいたら、家族はみんな干乾《ひぼ》しになってしまう——そういう意味だったらしい。

家の中の一切を取りしきるおかみさん業にチャンと誇りをもっていた母にそう言われると子供心にその気になって、私も、もう泣くまいと決心したものだった。ところが根が泣きべソだから、弟が転んで膝小僧から血を出して帰ってきたりすると、可哀そうでつい涙が出てしまう。それを母に見られて、きまり悪さに、

「目に水がたまっちゃった」

と、首をすくめた。

「オヤオヤ、それじゃ洪水《おおみず》にならないうちに早く薬箱をもってきておくれな」

母は笑っていた。

あの頃からもう六十年もたつ。その間にずい分いろいろなことがあった。泣き虫の私がどうにか自分の涙に溺れずに生きてこられたのは母の言葉が身にしみていたおかげだと思う。

泣かない女はかわいげがないと言う。そうかも知れない。その年、活躍した若い歌手や女優さんが、晴れの表彰式でご褒美のトロフィーを渡されるとき、その可愛い目から思わず溢れるきれいな涙は、見る人たちを感動させる。その一瞬を撮るために大ぜいの人がじっとキ

ャメラをかまえている。嬉しそうにニッコリしただけで泣かなかったばかりに（生意気だ）と評判が悪くなったニューフェイスがいた。

女の涙はたしかに甘くて暖かい。かたくなな敵の心を一滴の涙でフンワリ和らげてしまうことがある。思いきり泣いたおかげで、自分の胸にたまった辛さがひとまず、とけて流れるような気がしたりもする。

私が若いころ、新劇の先輩俳優が、

「泣きは三年、笑いは八年だよ」

と教えてくれた。（桃栗三年、柿八年）の諺《ことわざ》をもじったもので、役者は三年の経験があれば観客を泣かせることが出来るが、笑わせるには八年かかる、という意味だと言っていられた。

戦後しばらくして、母もの映画がつづいて大当りしたときがあった。しまいには抜け目のない宣伝マンがポスターに、

「泣けます、泣けます、三倍泣けます」

と書いて評判になった。三本分はたっぷり泣けます、というわけであった。

満員の客がドラマの主役に同情して流す涙は——現実の自分の悲しみを多少救ってくれたのかも知れない。ハンカチをぐっしょり濡らしながら（……この母子にくらべれば、私の方

がまだいくらか、しあわせだわ）そう思ってホッとした人もいたと思う。

本当を言うと、私は相変らずの泣きベソである。新聞記事やテレビニュースを見て、すぐ涙ぐむ。孤独な年寄りや不幸な子供の話など、見ききするたびに胸がつまる。

でも——涙に溺れることのないように……いつも自分に言いきかせている。

（目に水がたまったら、サッサと拭いて、よく考えよう。洪水になると鼻も口も流れて、自分の行く道がボヤけてしまうから……）

その反省のおかげだけで、毎日どうやら、ご飯の仕度を間に合わせている。

窓をあけよう

婚約した女優はたいてい、記者会見の席上で最後にこんな質問をされる。

「それで……女優の仕事はこれからもずっとつづけるんですか」

彼女がポッと上気した顔をあげて、

「いいえ、結婚したらお仕事はやめます」

キッパリそう答えたとき、並んでいる婚約者は誇らしげにうなずき、いたわるようなまなざしで、いとしい彼女をチラリとみる。

会場は一瞬しずまり、やがてホッとしたような暖かい空気が流れる。たとえ列席者のほとんどが、若くて美しく才能もある、その女優の引退を惜しんだ――としても、まずは、

(女らしく、つつましい彼女に幸あれ)

というわけである。

おおかたの世間の人間たちは、女性が職業をもつことを好まないのだろう。婚約した男優に、「あなたは結婚したら仕事をやめますか?」などと質問をする人はいない。

昔、私が若いころ、女の人が経済的に自立出来る仕事はごく限られていた。水商売のほかは台所のお手伝いに針仕事。女教師の数もまだ少なかった。だんだん、百貨店や事務所に勤める人がふえてきたが、世間の眼はまだ冷たかった。いわゆる良家の奥さま方は、

「職業婦人だった人を、うちの息子の嫁にしては、ご先祖様に申し訳ございません」

そう言い切るのが常識だった。

戦後、民主主義の世の中になり、男女平等になったはずなのに、その風潮はいまだに根強く残っているようである。若い男性のなかにも、

「結婚したら、女房は絶対働かせない」

そう宣言する人がかなりいる。どうやら、男のメンツにかかわる、ということらしい。

なぜ、女が仕事をもってはいけないのかしら。妻が経済的に自立出来る資格がある、ということ——それだけでも、夫は安心出来るのではないだろうか。世の中、何時、何がおこるかわからない、不確実性の時代なのだから……。

洗濯機やら掃除機、炊飯器など、次から次へと売り出されている今日このごろ、家事の手はかなり省けている。子供の数もすくない。これといってすることもなく、マンションの四角い部屋にとじこめられている健康な女性たちは、ともすると身体にも心にもカビがはえてくるだろう。あげくの果てに、夫たちはわが家の敷居をまたいだトタン、じめじめした嫁姑のいさかいや、隣り近所の愚痴をきかされることにもなってくる。

(窓をあけて、外の風をいれましょう。職場の女の人たちが生き生きと明るく魅力的なことは、男の方たち自身がご存知のはず——奥さんのお勤めをむやみに反対するのはよしましょうよ、旦那さま)

働こうとする女性の方にも、それなりの覚悟が必要だと思う。知人の奥さんからしきりに相談されたことがあった。子育ても終ったから外へ出たい、ついては画廊へ紹介してほしい、という。よっぽど絵がお好きなのね、と感心したら、明るく笑って首をふった。

「別に絵に興味があるというわけでもないけれど、画廊なんて人ぎきもいいし、お客さまはインテリが多いでしょう。お給料も相当下さるそうね。お友だちも、みんな、ゆきたい、って言っていらっしゃるんです。なんとなく素敵ですもの、憧れちゃうわ」

私は生憎《あいにく》、そういう知り合いはいない、と断るより仕方がなかった。世の中そんなに甘くはない。あの調子では、もし勤めるようになったら、手が荒れるから家事は一切しない、ということになり兼ねない。それはどうだろうか。

家庭というのは、世知辛い世の中で生きつづける人たちが疲れをいやす場所だと思う。その大切な小さい城を気持よくこぎれいにしておくための家事は、毎日しなければならない。職業婦人だろうと、家庭婦人だろうと……。ホコリの中でインスタントラーメンばかり食べているのは、人間らしい暮しとは言えない。どうしたら、手早く上手に炊事や掃除が出来るだろうか——それを考えればいいのではないかしら。

結婚適齢期などと言われる頃から、あわてて三月や半年、花嫁修業をしたところで、こまごました家の仕事が、たちまち身につくはずもない。役に立つのは経験だけである。

私の母は幼い私の手をとって、掃除、洗濯、水仕事を仕込んでくれた。面倒だったろう、と思う。自分ですればサッサと片づくことを、母は一つ、一つ、こちらがおぼえこむまで何度でもくり返し、教えてくれた。

おかげで私は、

(仕事と家庭と、どちらを選ぼうか……)

などと悩むこともなく、五目豆を煮ながらセリフをおぼえて、ずっと女優業をつづけることが出来た。しあわせだと思っている。

(女は家庭にかえれ)

この頃また、そんな囁きがチラホラきこえてくる。低いけれど、おどかすような、気味の悪い声である。そういう人にかぎって、甘ったれで威張りやで気が小さく、もしかしたら女の人に自分の職場をとられはしないか、とビクビクしている。

それにしても、素敵な暮しにかかせない大切な家事を何故、女の人だけにさせようとするのかしら。男の子にも小さいときからよく仕込んでおけば、男やもめにウジがわくこともないだろうし、年をとってもすることもなく、いたずらに家の中をウロウロするみじめさを味わわなくてもすむだろうに……。

「さあさあ、もう勉強はそのくらいにして、台所を手伝って頂戴な、太郎も花子も。これは頭もやすまるし、丁度いい運動にもなるのだからね」

お母さん方、どうぞそうおっしゃって下さいな。そういうふうに育てられた子供さんたちは、大人になって家庭をもっても、サッサと二人で料理をこしらえて、セッセとお互いの仕事に打ちこんで、人間らしく明るい暮しが出来るだろう、と私は思うのだけれど……どうかしら。

デレンコ・デレンコ

「あなたはいったい、何時やすむのですか、いつ気を抜くんです?」

ときどき、知人が呆れたような顔をする。

女優の仕事のひまひまに、家の中をバタバタ走りまわっている私の姿をみて、

「そんなことをしていたら、しまいには倒れるわよ、もう齢なんだから……」

友だちは本気になって心配してくれる。

兼業主婦だから、たしかに雑用は多い。毎日の献立、料理からあと片づけ。季節の入れ替え。ときにはしつこく食いさがる別荘屋さんも断らなければならないし、どうしても書かなければならない手紙の返事もある。

キッチリやさん——と家人にひやかされる私だけれど、次々に降って湧いてくるようなそんな用事を、いつも落ちなく片づけようと思ったら、ほんとに息つくひまがなくなる。家の中は小ぎれいに気持よく——仕事では他人さまに迷惑をかけないように、と心がけてはいるけれど、くたびれ果てて倒れるなんて、バカバカしい。だから……いろいろ工夫している。

女優の仕事というものは、引きうけた以上、すこしぐらいの無理があっても、しまいまで演《や》りとおさなければならない。それをよく知っているから、自分の身体とよくよく相談の上でなければ、おうけしない——たとえ、喉から手が出るほど演りたい役がきたとしても。

家事の方は、その表芸が休みの日を見計らい、月に二、三度、たっぷり怠けることにしている。デレンコ日《び》、朝から晩まで、デレンコ、デレンコ——なんにもしない。

居間に新聞雑誌が散らかっていても、チョイと隅に押しつけるだけ……。電気の笠にホコリが溜っていることに気がついても、顔をそむけて知らんぷり。だらしなく畳の上に寝そべって、爪をきったり、ウトウトしたり。電話が鳴っても、きこえない、きこえない。面会謝絶。

(ハイ、私は留守でございます)

ボンヤリ、庭のサルスベリを眺めている。あんなに黒くて固い樹に、どうして、あんなに赤くて可憐な花が咲くのかしら……自然て、ほんとに不思議なものだわねえ……。

しばらくそうしていると、やがて、

「モシ、モシ、あなたは毎日なにをしているのですか……」

シンと澄んだ空気をとおして、耳もとに囁くような小さな声がきこえてくる。

「ほんとに——私はなにをしてるのかしら」

この頃、世間の波は異常なくらい泡立っている。いろんな不安材料が重なっているせいだろう。そして私も、いつかそのしぶきを浴び、押し流され、次第に、自分を見失いそうになっている。

「毎日お忙しくて結構ですねえ」

まわりの人が意味もなく囃したてる。つい、その言葉に酔い、いい気持になっているうちに、残りすくない私の持ち時間は、じりじりと減ってゆく。

（……悲しいこと……）

こうして、ときたま、ひとりでじっとしていると、一切の時間がパタッと止る。その中で静かに眼をこらすと、隅の方でホコリにまみれ縮こまっている小さな自分が、フト見つかる。デレンコ、デレンコ——さあ、今日は私のデレンコ日。なにもかも忘れて、ゆっくり自分をさがしましょう。みつかったら、その打ちひしがれて曲った背すじを、ピンと立て直し、明日はまた、セッセコ、セッセコ——一生懸命働くことにいたしましょう。それが私のセッセコ日。

（……人生って、なんだろう）

むずかしいことはわからないけれど、とにかくこの道は、曲りくねって歩きづらい。ときどきこうして、ペチャンコになった自分をさがし出し、はげましたり、慰めたりして元気をつけてやらないと、くたびれて、息がつまって——ほんとに歩けなくなる。

白という色

テレビ局の衣裳部さんから、古い白足袋を五足、返してきた。この間、料亭の女将役をやったとき使ったものである。足の格好の悪い私は足袋だけはいつも自前のものを使っている。みんな綺麗に洗ってあった。洗濯屋さんのアイロンはよっぽど大きくて重いのだろう。どれもおかしいほどペチャンコになっている。古足袋の箱にしまおうとして、フト気になったのは、その白さである。白すぎる。

新しい足袋のように、木綿らしい生地のツヤはない。うちで手洗いしているものに比べて型はまるで崩れている。そのくせ、ただ、むやみに白い。漂白剤を使いすぎたのだろう。片づけたあとも、妙にそのことが頭に残った。私はああいう白さは好まない。なんとなく、病的な感じがする。

この春、礼装用の白衿を買ったときも、妙に眼にしみるような白さだった。二、三度使ってから、いつものように色衿に染めかえて貰ったが、思うような色が出なかった。はじめに漂白加工してあったせいだそうな。

白という色は美しい。けれどそれは、新しいものだけに許される自然な美しさではないかしら。無理にこしらえた白は、どことなく味気なく、うらぶれたような気さえする。

小さい洗濯板で手洗いする私の足袋は、洗うたんびに、ほんのすこしずつ色がついてくる。よく見ると、なんとなく赤茶けている。でも私は——それでいい、と思っている。使い古してくたびれた布地を、真白にしたい、とは思わない。齢をとっているのに、一本の皺もない顔を見るような気がして——なんとなく、薄気味がわるい。

大学芋のすすめ

私の献立日記には朝食、夕食のほかにおやつの欄がある。昼食の代りに、ちょっとかるいものをとるのが、十年来の習慣になっている。

和菓子に緑茶、ケーキに紅茶など、毎日なんとか目先きを変えるようにしているが、私の手づくりも案外評判がいい。少々見場《みば》は悪いけれど、出来たてという強みがある。おはぎ、くず餅、揚げ餅など、こしらえるそばから食べれば、とにかく美味しい。

最近わが家でたびたびアンコールされるのは、昔なつかしい大学芋である。帝大（東大）赤門附近で売り出したときの上得意は大学生だったのでこの名がついたとか……。さつま芋は女の子の好物と決まっていたが、安くて甘いから当時の苦学生に喜ばれたのかも知れない。

本郷の歌舞伎役者の家に奉公していたばあやさんは、私の母のところへ身の上相談に来るたびに、この大学芋を買ってきてくれた。

「お芋はからだにええそうな。帝大の学生はんも、これをたあんと食べてるさかい、どんどん頭がようなるんやって……」

新聞紙の包みをひらきながら、ばあやさんはいつも得意そうな顔をした。有名な大学の傍に住んでいることが何となく嬉しかったらしい。

去年、フト思いついてこしらえてみたが、スイートポテトほど手間はかからないし、単純な味が却って喜ばれた。

一本のさつま芋を二切れか三切れに斜め切りにして皮をむき、十分ほど水につけて灰汁《あく》をとる。フライパンに油（古い油でいい）をいれて中火にかけ、水気をよく拭いた芋を箸でまわしながらゆっくり揚げる。

その間に別の鍋にカップ半分の砂糖（芋一本につき）を同量の水でとき、弱火にかけ、煮立ったところへ、ちょっと焦げめのついた揚げ芋をいれ、二、三分煮つめてから皿にとり、煎りたての黒ゴマをパラパラとふりかけて、出来上り、熱いうちなら、けっこう美味しい。

このあいだ、いそいだとき、思いついて蜂蜜をかけてみたが、これもちょっとおつな味がした。

ほんとに頭がよくなるかどうか知らないけれど、この頃、さつま芋の成分が見直されているようだから、たまには子供さんのおやつにどうかしら？

もっとも、太い親の脛《すね》をバリバリかじりながら、派手な車で通学しているような大学生諸君には、たぶん、眉をひそめられることだろうけれど……。

四十枚のふきんと……

一緒に食事をしたあと、洗いものを拭いてくれる、という友だちが流しの横の引き出しをあけて、呆れたような声を出した。

「アラ、このふきん、皆使っているの？　ぜいたくねえ、こんなに沢山……」

そこには綺麗に洗って畳んだふきんが二十枚以上はいっている。せいぜい四、五枚をゆすいでは使っているという友だちが笑うのも無理はない。私はその引き出しのふきんを、一日で使ってしまう。

長くて暗い戦争の間中、庶民にとって、木綿はめったに手にはいらない貴重品だった。代用品のスフとよばれたやわらかいきれでは、拭いてもぬぐっても茶碗のしずくが残っていたし、洗えば端からほころびてたよりなかった。食べるものもろくにない時代だったから文句も言えなかったが、子供の頃から母にきびしく台所仕事をしこまれていた私は、情ない気持だった。

「グシャグシャに汚れたふきんを平気で使うようなひきずりにはならないでおくれ。台所中バイキンだらけになってしまうよ」

よく母にそう言われたからである。

平和になって——冷蔵庫やお鍋と一緒にまずととのえた台所用品は、一抱えのふきんだった。水気や汚れをサッと吸いとってくれる木綿のふきんを台所に積み重ねて、私はひとり悦にいったものだった。

わが家の台所には、長い間ふきんかけがなかった。それがあると、汚れた食卓を拭いたものをちょいとそこへかけ、うっかりしてそれで皿小鉢を拭いてしまったりするからである。その代り、手近かに蓋付きのバケツがおいてある。一度使ったものはすぐそこへ投げいれ、十枚から二十枚溜れば丁寧に洗ってよく干す。その間引き出しには、チャンとアイロンをかけたものを補充しておく。つまり、いつも四十枚以上使っている、ということになる。

同じ引き出しの奥にはマジックで（ぬかみそ）と書いたもの四、五枚もはいっているし、あずきや重湯を漉すための大小のふきん袋も同居している。

よく洗うからいたみも激しい。あちこちに穴があいたり、ひどく変色したものは、隅に（ぞうきん）と明記して、掃除用具の戸棚に移籍される。そこで充分働いたものは、ゴミ箱ゆき、ということになる。清潔なふきんが自由に使える暮しというのは、貧乏性の私の心をなんとなく豊かにしてくれる。

四枚のマナ板も私にとっては大事なものである。朝晩、使い方が激しいから、大体五、六年で取りかえることになる。縦四十五センチ横二十センチのもの二枚は、野菜用と魚肉用。ついでにもう一枚フンパツして、真中から二つに切り、ちょっとしたきざみものに使っているが、なかなか便利で、大きいものと交替に干せるし、これも横に（やさい）（さかな）と書いてあるから匂いもうつらない。

うちの流しの前の窓は鉄格子の出窓ふうになっているのでマナ板を乾かすのに都合がいい。十年ほど前、台所を修理したとき、敷居を銅板で張ってもらったが、一日に何回となく洗ったマナ板をたてかけていたら、この間とうとう腐ってきた。張りかえてくれた職人さんが、帰りしなに注意してくれた。

「ここへマナ板を干すのはあんまり感心しませんね、毎日濡れたものをたてかければ、また十年めになおすことになりますよ」

なるほど、と思ったから、お手伝いの娘さんにもそう言って、その習慣をやめることにした。けれど、困ったことに他に適当な場所がない。干さないわけにはゆかないし、物干し台は遠すぎる。

濡れたマナ板をふきんで拭いて、古漬けをきざみながら、フト十年という時間を考えた。このごろ、世界中の国が、どこもかしこも狂っているような感じがする。十年後にはどんなことになるだろうか？　日本はそのころ、どうなっているか？　そして、その時、私は？

慌てて、窓の外を掃いていた娘さんに大きな声で言った。

「やっぱりマナ板はここへ干しましょう。かまわないわ。どんどん干しましょう!」

彼女はキョトンとして私を見上げた。

(十年後の出窓の敷居のことまで心配することはないわ。いろんな思いをしたあげく、やっと今、こうして生きているのだもの。私の耐用年数はあとどのくらいか知らないけれど、この平和な暮しを少しでも楽しむためにセッセとふきんを洗い、マナ板を干そう。それが私の老後の贅沢の一つなのだから……。エヘン、世界情勢とわが家のふきん、マナ板についての私の考察は、以上であります)

心の中で、ひとりニヤニヤした。

金子さんの料理

もう八、九年も前のこと——芸術座の「濹東《ぼくとう》綺譚《きだん》」という芝居に出演したが、そのときごいっしょだった金子信雄さんの娼婦のヒモ役の味のある舞台が、いまだに眼に残っている。忘れられないことがもう一つ——金子さんがある日、私の楽屋へ持ってきて下さったお手製のコールド・ビーフのおいしかったこと。最近出版なさった『新・口八丁手庖丁』を読ませて戴いて、なるほど、と思った。

まえがきに「私は別に食通ではない」ただ「食物に多少の情熱」を持ち「食うことより食わせること、つまり料理を作る方が、私は好きだ」とある。だからこそこの本は、手軽に安く、なんとか美味しい料理を作る術を、懇切丁寧に教えてくれる。私のような兼業主婦には、わかりやすくてすぐ役に立つ。

「金子式二日酔雑炊」や「二日酔スープ」をこしらえて貰ったご主人は、奥さんに感謝するだろうし、「やもめ釜飯」はひととき侘しさを忘れさせてくれるにちがいない。豪華版にするなら「金子風ビーフステーキ」を熟読すれば、家族一同、貴女を見直すだろう。

料理にいちばん大切なのは、愛情の味つけ——という言葉を、読み終って、あらためてつくづく感じたことだった。

勝手口の錠

私は、鍵というものをあまり好まない。

少女のころ、ひみつの日記を書いたりして、しまう場所にこまり、鍵のついた箱が欲しい、と、一度だけ思ったことがあるけれど……。

鍵に親しめないのは、きっと、夜が明けたトタンにどこもかも開けっ放しにする下町の路地で育ったせいだろう。狭い家の中で鍵のかかったところは、二階の父の用箪笥だけだったと思う。茶の間の箪笥や押入れのつづらにも錠はついていたが、母は鍵をつかっていなかった。多分、それほど大切なものがはいっていなかったにちがいない。

家を留守にするときも、お向いかお隣りに、

「ちょいと、おねがいしますよ」

と声をかけるだけで、サッサと出ていった。持たないものの気楽さもあったろうし、留守を引きうけた人はチャンと気を配ってくれる、という信頼もあったせいだろう。

このごろ、わが家では昼日中も門に鍵をかけている。来る人を拒むようで、あまり気に染

まないけれど……そうしなければ落ちついて暮せなくなってしまったのだから仕方がない。坂の突き当りのせいか、日に何回もチャイムが鳴る。

マンション、別荘、保険、貯蓄のおすすめから、宗教のおさそいまで、応対に忙しい。鍵のおかげで門の内側に立ったまま、お断りすることが出来るけれど、うっかりかけ忘れると玄関まで強引にはいりこみ、容易なことでは引き下がってくれない。世の中何事も押しの一手、と思いこんでいるのか、他人の迷惑など一向気にしないのが当り前のようになっている。

せめて裏口だけは、錠をおろさないことにしていた。目立たない、その出入口を使っているのは、牛乳屋さん、洗濯屋さん、酒屋さんに魚屋さんなど、長年馴染みの人ばかり。サッサと台所まで来て、用を足していった。

その扉まで、とうとう錠をおろすことになってしまったのは、つい三カ月ほど前の出来ごとのせいである。

鉄製の重い戸だから、キチンとしめてあれば錠がなくても子供の力ではあかない筈。おそらく、いそいだ人がうっかり半開きにしていったのだろう。毎朝、その前の道を通る幼稚園の子が二人、ヒョイとはいってきてしまった。

丁度、裏の掃除をしようと思って出ていった私が、それを見つけたからよかった。あわてて駈け出したのは、その子たちが、すぐ横の物干し場のはしごを二、三段のぼりかけていたからである。夢中で抱きかかえておろしたものの……しばらくは胸の動悸がとまらなかった。

小さい子のいないわが家の物干しは鉄製で、はしごが急である。上の二坪ほどの干し場のまわりの手すりには、こまかいサクがついていない。もし、幼児たちがそこへあがったら、どんなことが起きるか……。あのときのおどろきで私の寿命は、すくなくとも一と月ぐらいは縮んだと思う。

なぜ、はいったのかときいたら、

「だって……あんな高いところから下をのぞいてみたかったんだもの……」

と、折角の冒険の邪魔をされた坊ちゃん嬢ちゃんは、不服そうに赤い頬っぺたをふくらませていた。

「よその家へ、黙ってはいってはいけないのよ」

くどくどと言いきかせて小さい侵入者を送り出したあと、私はすぐに錠をおろし、幾度も扉をひいたり押したりして、あかないことをたしかめた。

翌日は朝から裏のベルがブーブー鳴りつづけた。そのたびにあけにゆき、こんな手数をおかけすることになったいきさつを話すと、みんな快くうなずいてくれた。そしてその人たちは一人残らずこう言った。

「そりゃあ、絶対、錠をおろしておかなけりゃあ……。味をしめた子供がまたはいりこんできて、もし、この物干しから落ちでもしてごらんなさい、お宅、親からすぐ訴えられますよ、鍵をかけてなかった責任をとれ、って……ね。すごい賠償金をとられますよ」

私はギョッとした。それから……ガックリした。

あのとき、私が、息がとまるほど驚いたのは……子供たちに、もし怪我があったら……ということだけだった。この可愛らしい子が細い手足を折りでもしたら……それぱっかりがおそろしく……親に訴えられてお金をとられるかも知れない、などとは、ほんとに夢にも考えていなかったのに……。

それからは、毎日、ブザーの音であけにゆき、用がすめばまた錠をおろすことを忘れないが、私はなんとなく憂うつである。

（……親に訴えられるのがこわい、からではないのよ。あの子たちが怪我をするのがこわいから……錠をおろすのよ……）

と、ひとり、心の中で言いわけをしてみるけれど……でも、訴えられるのは、やっぱり……いや……。

まったくこの頃は、侘しいことばかり多くなってきましたねえ……お互いさまに……。

人と鋏

先だって、夜おそくおなかをすかして仕事から帰ってきた。

ホッとしてお茶をのみながら炬燵の上の箱をあけると、やわらかいビスケットのようなお菓子がきれいに並んでいる。フンワリとした玉子色、まわりに薄い焦げめがついて、見るからに美味しそう。

(寝しなだけれど――一つだけ)

つい手を出したが……丁寧に包んであるビニールの袋が、なかなか破れない。

(鋏……鋏……)

いつもは傍の文机《ふづくえ》の上にあるのに、みつからない。疲れていたのでイライラして、両手の指で引っぱったり押したりしているうちに、やわらかい中味が崩れてゆくのが見えるけれど――それでも袋は知らん顔。

とうとうあきらめて立上ったトタンにフト気がついて、目の前の夕刊をどけたら、鋏があった。憎たらしいビニールをザクッと切ると、中のお菓子がバラバラこぼれて……何だか食べる気がしなくなってしまった。

とにかくこの頃は、いつも手許に鋏がなければ用が足りない。お菓子も食べられないし、小包もあけられない。

昔ものだから、私は包みの紐を指でほどこうとする。ほどいて丸めて小箱にしまって、また何かに使うのが当り前のことになっていた。近頃は、ちゃんと鋏で切るように包装してあるのに鼻のあたまに汗をかいて指で何とかしようとするのだから、習慣というのは恐ろしい。

娘のころ、母から鋏の使い方をやかましく仕込まれたせいだと思う。

「一度切っちまったら、もう二度と元通りにはならないんだよ」

着物をつもって裁つときは、裁ち鋏を持った手を自分の胸にあて、

(どうぞ裁ち損ないをしませんように……)

と浅草の淡島明神《あわしまみようじん》に三度お願いをする。それから裁てば心が落ちついて、失敗しない、と教わった。淡島さまはお針の神様である。

古い着物は糸がきしんでときにくい。つい、とき鋏をせっせと使うと、後から母に、

「そんなに切ると、ぬき糸が短くなる」

と叱られた。長ければ、もう一度役に立つ、というわけである。

花鋏も料理鋏も、使ったあとは始末すること。乾いた布でよく拭いて、たまには機械油を一滴落としてやれ、という。その癖、そうやっていつも切れ味よくしてある鋏を、むやみに

使うな……というのだった。

ゆうべ、下町女の先輩から所用の電話があった。昔、浅草にあった大きなそば屋、萬盛庵のおかみさんで、今は九州の息子さんの傍で暮していられるが、相変らず歯切れがいい。

「……そりゃあそうと、この頃は我ながら齢だねえって、恐れ入ってるんですよ。自分の部屋におみこしを据えっきりで、朝から晩まで鋏をさがしているんですからねえ。まったく近頃は、鋏がなけりゃあ夜も日も明けない、っていうのはどういうことでしょう。そう何もかもチョッキンチョッキン切っちまう、ってことはないと思いますがねえ……おかしな世の中になりましたね……」

まさにご同感。明治の老女二人が長距離電話の鋏談義で大笑い。

「人と鋏は、使いようで切れる」

という。うまいことを言ったもんだ、と思う。たしかにその通りである。けれど、いくら使いようがうまくても、むやみに使えば、やっぱり切れなくなるのじゃないかしら。お手やわらかに、使ってもらいたいものである。

ドラマの中の姑

ドラマをご覧になると、つい劇中の人物とその役を演じる俳優を混同しておしまいになる方が多い。頑固親爺《おやじ》の得意な役者は、化粧をおとして家へ帰っても、妻や子をガミガミどなりつけているに違いない、と思いこんでしまう。素顔のご当人は奥さんに頭のあがらない好《こう》好爺《こうや》なのに……。

亡くなった進藤英太郎さんの敵役は昔から定評があった。その恰幅のいい悪家老が登場すると、ぐっと画面が引きしまったものだが、あるとき、私にしみじみ言っておられた。

「私はこの頃、敵役を一切断っているんですよ。孫が可哀そうですからね……私があいう役をやると、学校でいじめられるそうです、友だちにね。それをきいては、とてもやれませんからねえ」

無理もない。恐ろしいほどの速さで皆様の茶の間へすべりこんでいったテレビのブラウン管は、進藤さんの素晴らしい——だからこそ憎らしい悪役ぶりを、小さい子供たちの眼にもハッキリやきつけてしまうのだから。

私がNHKテレビ〈となりの芝生〉の姑役をやったとき、朝早く、八十歳のご老人の電話で起された。

「……どうして山本陽子みたいな可愛い嫁をあんなにいじめるんだ。わしは口惜しくて昨夜眠れなかったぞ。沢村貞子なんて二度と見てやらんからな……」

十六歳のお嬢さんは花模様の便箋にキチンとした字で、こう書いてきた。

「あなたは本当はどういう人なのでしょうか。『私の浅草』という本を書いたあなたと、憎らしいお姑さんをやるあなたが同じ人だとはとても思えません。私の亡くなった母によく似て優しい人だと思っていたのに。あんなに意地悪な役はやめて下さい。お願いです」

私の女学校時代の友だちの中にも、あんな憎まれ役はもうやめて……という人がいる。

そんなとき、私はいつも、

「ごめんなさい。なにしろ役者はいろんな役をやらなければなりませんので……」

と軽くうけ流すことにしている。さいわい私にはいじめられる孫もいないし、役者としての本音を言えば、ただ無暗にやさしくて物わかりのいいおばあさんは……演り甲斐がない。

〈となりの芝生〉は橋田壽賀子さんがお書きになった一連のとなりシリーズとよばれるものの第一作で、住宅問題がテーマだった。第二作の〈となりと私〉では近所づきあいのこと。第三作の〈幸せのとなり〉は遺産の問題がとりあげられているが、それぞれ家庭を舞台に描かれているから、そこにはいつも、嫁姑のいざこざがからんでくる。

どれも私が姑役をやり、それが憎たらしいと言われたりするけれど、私は一度もその姑たちを、性格的に意地悪で冷たく、ひねくれた人間だなどと思って演じたことはない。どの人も、みなさまのすぐご近所に住んでいらっしゃるごく普通の働きもので、夫をたすけ子供たちを苦労して育てあげたのに、世知辛い暮しの中で次から次へおこってくるいろんな事件に流されて、つい泣いたり怒ったりすることになってしまう——そんな姿を作者がリアルに書いていられる。それだけである。私は演じながら、いつもその姑たちに同情してしまう。

姑——古くなった女は悲しい。

鏡の前にじっと坐り、日ごとに濃くなる目の下のシミ、深くなる額の皺を指先でなでながらフッと溜息をつく。その同じ鏡に、うしろに立った若い嫁の白くツヤツヤと光る肌がチラッとうつれば、せつないほどのうらやましさが胸にうずく。(こんなに綺麗なんだもの、息子の眼がそちらへばかりそそがれるのも当り前……)と頭ではわかっていながら、なんとない淋しさは払いのけようがない。夫に先立たれたあと、辛い思いをして育てあげた子供たちの家に、老母が気持よく坐れる場所はほとんどない。生き生きと動きまわっている若い人たちは、ときには彼女のいることすら、忘れてしまったりする。

私の扮する姑役に、こんなシーンがある……。

(私だって、まだ何かの役にはたてる)手助けをするつもりで台所に立つとすぐ、

「アラ、お姑《かあ》さん、どうぞあちらでゆっくりしていて下さいな」

若いお嫁さんが、やさしくほほえみながら、ピシャリとその前へ立ちはだかる。

(私はどこで何をしていればいいの？　一日中、せまい部屋の壁に向って、出がらしのお茶をすすっていろ、というの？)

つい、イライラが昂じて、

「私が早く死ねば、厄介ばらいが出来ていい、って思っているんでしょう」

などと烈しい言葉が口をついて出てしまう。本当はそうまで思っているわけではないのに……。

核家族の時代である。息子や娘の家庭にはそれぞれの暮しのリズムが小さくキチンと出来上っている。街中では毎日のように、キッチン××、ホーム××とかいう新式家庭用具が次から次へ売り出されて目まぐるしい。料理の仕方、掃除のやり方、孫のしつけ一つにも、姑と嫁の間で歯車がかみあわない。どちらにもそれぞれのよさはある筈なのに……何といっても、古いものは新しいものに押されがちになる。

「そんなの、古いんですよ、もう……」

嫁のその一言が姑の胸にこたえる。自分もだんだん、古いもの、は悪いもののような気がしてきて、しょんぼりしてくる。

(この頃の嫁は——強いから……)

息子の帰宅を待ちかねて、つい、メソメソと訴えるが、彼はだまってビールをなめている。

男にとって、妻と母の陰気な争いはやり切れないに違いない。それでも母は、自分をかばってくれない息子がうらめしい。

〈幸せのとなり〉の姑は、亡夫と一緒に苦労して残した土地と家だけはあるが、収入はない。同居している嫁――長男の未亡人のささやかな稼ぎで養ってもらっているが、ついイライラしてしまう。血をわけた子供と暮すだけが自分のしあわせだと思いこんでいるからである。そとで世帯を持っている次男か二人の娘のうち、誰かを傍に引き戻すために自分の土地と家だけは決して手離すまい、と必死になるが、皮肉なことにその遺産があるために、子供たちの間に次から次へと争いがおこり、老女はだんだん失望してゆく――悲しい人間喜劇である。

遺産の分配方法はむずかしい。二十何年か前のこと……気さくで明るい中年の医学博士からこんな話を伺った。

学会へ出席するために外国へゆくことになった。その出発前夜、奥さんのA子さんに遺言状をわたした、という。子供さん二人はどちらもまだ小学生だった。

〈自分に万一のことがあったら、子供のことを呉々《くれぐれ》もたのむ。私の分も可愛がってやってくれ。ただし、無理に大学まで出そうと思うな。全財産を整理して、その中からまず、A子の老後の最低生活のための資金を別にして、残りを子供の教育費にあてなさい。そのときの物価によって、高校、あるいは中学までしかゆかせられないようなら、それはそれでよろしい。そのかわり、A子は自分で収入の道をみつけ、将来、決して子供たちの重荷にならないよう

にしなさい)

そういう内容だったという。

先生はもちろん無事に帰国されたが、内祝の食事に集ったご親類の方たちに、軽い気持でその遺言状の話をしたところ、たちまち非難ごうごうで席はしらけてしまったらしい。(母親が自分の老後のことばかり大事にして、子供の教育費をへらすなどは言語道断、母親の資格なし——A子さんには母性愛がないのではないか……)などと、何も知らずに夫の遺言状をあずかっていた奥さんまで、親類の人たちから白い眼でにらまれて、ただもう小さくなってしまった、ということである。

この先生はその後ずっとお元気で子供さんお二人も無事に大学を卒業なさったようだが、あの遺言状はその後どう書き直されただろうか。当時そのお話をきいて、私は子供の教育についての考え方、未亡人になったときの妻の生き方として、とても新鮮な感じがしたものだったけれど……。もし、夫に先立たれるような不幸にあったとして、残されたものすべてを子供につぎこみ、その代り自分の老後はその子の世話になるという考え方は、もうそろそろ改めなければならない時期に、きているのではないだろうか。親は自分の出来る範囲で子供を育て、あとはなるたけ早く子離れをして、ひとりで生きる工夫をした方がいい、と思うけれど。

ひとりで生きる——齢を重ねた女にとって、それは如何にも寂しく悲しい姿のような気がするかも知れない。けれど、山の中で孤独に暮すというわけではない。精神的なひとり立ち、という意味である。血のつながりだけにしがみつき、ある日、そんな自分が息子や娘、嫁たちにうとまれていると気がついたとき、どんなに寂しく悲しい思いにうちのめされることだろう。

私がテレビで演じるお姑さんたちは、みんな、働きものでやさしい心を持っているのだけれど、長い間、夫のかげにかくれ、家の中にばかりいたせいか、視野がせまくなっている。私はその人たちをひそかに（嬢ちゃんばあちゃん）とよんでいる。齢のわりに心が幼く苦労が身についていない。自分の子供のためにはどんな労苦もいとわないが、そのことで他人を傷つけることにはまるで気がつかない。そしてそのために、自分もしあわせになれない。

妻として、母としての責任を果したあとの女性のしあわせは、自由にあるのではないだろうか。しなければならないことはもう何にもない。残りの時間はすべて……自分のしたいことのために使える。それが、しあわせというもののような気がするけれど……。

ゆっくり、自由に……長い間の経験を生かして、料理や手芸を楽しんだり、若いとき読むひまのなかった本をひらいたり、ときには旅もいいだろう。あるいは身体の不自由な人の手助けもしよう。とにかく、自分のリズムに従って、楽な気持で生きてゆけたら、自然に心がゆたかになり、いつかはまわりの人をよろこばせることも出来るだろう。そんなとき、姑という字は長く生きたおかげで（生活の知恵）を沢山持っている（人生の達人）という意味にもなるし、もしかしたら、古い女は（いい女）ということになってくるかも知れない。

私がそう言ったら友人の一人が苦笑した。

「あなたは子供がないからそんなこと言えるのよ、自分のおなかを痛めた子から、早く離れろ、なんて……無理なことよ」

そうだろうと思う。けれどそこにとまっていては、一生姑の哀れさから抜けられない。

（岡目八目——おかめはちもく）

という言葉がある。広辞苑によれば、

（局外にいて他人の囲碁を見ていると、対局者よりは勝敗に冷静であるから、八目もさきまでわかるということ……）と書いてある。

子供のいない老女の考え方も、ときには何かの参考にしていただけないかしら。

今日も私はテレビの姑役でお嫁さんと言い争っている——涙まで浮かべながら……。

（可哀そうなドラマのなかのお姑さん。どうぞ早く、しあわせの道をみつけますように……）

苦労を食べてしまった人

Tさんは私の親友である。

お互いに世帯もちの忙しさの中を何とかやりくりして、月に一度はかならず逢い、短いおしゃべりを楽しみ、到来もののおすそわけ、手料理の自慢をしあっている。彼女は私の女学校時代の同級生である。

同じ教室で勉強したのは、もう五十年あまり前のことだが、その五年間に、なぜか私は彼女と話したおぼえがほとんどない。

教室の机は背の順だった。丁度、まん中ごろにいたTさんの、その頃めずらしいセーラー服姿を、私はうしろからときどきボンヤリ眺めていた。おさげの先に結んだ真白なリボンがまぶしく眼にしみたような気もする。日本橋の豊かな開業医のお嬢さんで、チョイと気取った明るい美少女——クラス一番のハイカラさんだった。

私にとっては、遠い人だった。いつも同じ木綿の着物に引っつめ髪。その時分から、家庭教師をして学費をまかなっていた私とは、何もかも違いすぎた。こちらが、黙って本ばかり読んでいたヘンクツな女の子だったせいもある。

　卒業してから、同じ女子大学へ通うようになったが、学部は違っていたので、ときたま校庭でみかけるくらいだった。二年生になって間もなく、彼女は中退した。

　その後、私にもいろんなことがあったが、昭和十六年に暗いみじめな戦争が始まってから、友だちを思い出す余裕もなかった。

　やっと、終戦になって——生き残ったもの同士、なんとか安否を尋ねあうようになった。お互いにもう四十に手が届いていたが、顔を合わせば昔の面影がそのまま残っていて懐しく、二十年の空白を忘れて話しあい、笑いあった。

　そのなかで、Tさんだけは変ったような気がした——感じが違った。

（なんだか——別の人みたい）

　化粧っ気のない顔は相変らず端正だが、その笑顔の暖かいこと——地味な着物に低くしめた帯。シャキシャキしたもの言いは、しっかりと地に足をつけて生きている頼もしさを感じさせるし、友だちの噂、思い出話の中にも、相手を傷つけまい、と気を配るやさしさが溢れている。あの——マシュマロのようにフンワリと柔かいおすましのお嬢さんが、どうしてこんな、すいも甘いもかみわけたような苦労人になったのかしら……。

　彼女とは、それからしげしげゆききをするようになった。お互いに背負ってきた重荷の愚痴も言わないし、余計な詮索もしなかった。ただ、それからの二十年近いつきあいの間に何かの拍子で洩らした彼女の言葉のはしはしを、ある日フト綴ってみて、私は思わず溜息をついた。

（……まるで絵に描《か》いたような一生……）

Tさんのお父さんは旗本の家に生れたせいか、古武士的な一徹さのある反面、妻子を大切にする優しい人だった。彼女を頭に弟二人、妹一人の恵まれた家庭である。患者の信望も厚かった。

この一家の不幸は、美しい母親の死から始まった。患者からうつった結核が急速に悪化したのである。父親は医師として夫として、あらゆる手をつくしたが及ばなかった。Tさんが女子大を中退したのはその直後だった。

母が結核だった、という噂がひろまり、降るようにあった彼女の縁談に影がさしはじめた。そのころ、この病気は、難病として何より恐れられていた。

悩んだ末、父親はTさんの夫として、地方の開業医の弟で、大学の無給助手をしていた医学生を選んだ。将来有望な秀才である。なにかにつけて、自分の相談相手になってもらいたい気持もあったのだろう。医院をつぐはずの男の子は、まだ若すぎた。

Tさんをよんで言った。

「長男に嫁げば、舅姑の苦労を背負わなければならないだろう。彼は次男だからその心配はない。婿ではないが、将来、なにかと力をかすつもりだから、お前は安心して、あの青年についてゆきなさい。真面目な男だ」

母を亡くした娘に対する父親の愛情は深かった。今までなにもかも父に頼っていたTさんは、このときも黙ってうなずくだけだった。

間もなく結婚式があげられた。昭和四年十一月末である。帝国ホテルの披露宴は周囲の人たちが眼をみはるほど華やかだった。新婚夫婦はめでたく新居へおくりこまれた。

その夜、花婿は突然発熱して倒れ、そのまま寝ついてしまった。肋膜炎だった。そしてその一カ月のちの十二月末、彼の兄、地方で開業していた長男が、手おくれの盲腸炎で急死した。その妻、二人の幼い子供、末の弟、姑、祖父母の大家族を養う義務が、次男であるTさんの夫の肩にかかってきた。

思いもかけない愛娘《まなむすめ》のつづく不幸に動転したTさんの父親は、年があけるとすぐ、ひそかに彼女をよびよせ、実家へ帰ることをすすめた。その頃、離婚した女は出戻りとして世間から冷たい目でみられた。それを承知で、なお娘を手許に引きとろうとする父親は、二カ月たらずの間に、頬がげっそりやつれていた。

「すべては自分の眼鏡ちがいだ。すまなかった。どんなことをしても、もう一度、お前をしあわせにしなければ亡くなった母さんも浮かばれまい。一切の責任は自分が負う——お前は、帰ってきなさい」

次々とおこる不幸に茫然としていたTさんは、セツセツと説く父の言葉をじっとうなだれてきいていたが——フト思った。

（しあわせって、一体どこにあるのかしら……それは誰にもわからない——父さんが私のために、あんなに一生懸命考えてくれたのに、こんなことになってしまった。もう一度やり直せば、今度こそしあわせになれるって誰が保証出来るだろう。これが私の運命なら——その流れの中でせい一ぱい生きてゆくより仕方がないのではないかしら——とにかく、倒れた夫をすてて逃げてくることはとても出来ない……）

顔をあげて——父親にハッキリ言った。

「私、なんとかやってゆきますから、このままにしておいて下さい——あの人は病気です……」

生れて初めて、父に逆らったのだった。

思いがけない娘の言葉に、逆上していた父親はたじろいだ。自分がしようとしていることのうしろめたさは——心の底ではよくわかっていた。それ以上、何も言えなかった。

結局、娘は、暗い新居へ帰っていった。

それから二年、必死の看病で夫はやっと健康をとり戻した。その間、どんなに苦しくても実家の父を頼らなかったのは——離婚話があったことを、夫が知ってしまったからだった。

一徹な彼は、そのために義父を快く思わなかったらしい。

四年目に、その父から四千円のお金を借りて病院を建て、耳鼻咽喉科を開業した。毎月、キチンと利子を払い、元金も少しずつ返すことで、やっと夫を説きふせたのである。医師としてのたしかな腕が評判になり、病院は繁盛した。一年たって、義兄の遺族を引きとった。彼女は二十七歳――姑、小姑たちを抱えた暮しは辛かったが……唇を噛んで、耐えた。

昭和十六年。戦争が日に日に烈しくなったとき――夫は再び倒れた。ひどい喀血だった。病院をたたみ、福島の山の中へ疎開した。そのころには男の子三人――中学生一人、小学生二人を抱えていた。

毎日、夜が明けるのが恐ろしかったそうである。自分を頼る大ぜいの家族たちに、何かを食べさせなければならない。そのことで頭が一ぱいだった――今日一日をどうやって生きようか、とただもう、無我夢中だった、と言う。

「日本中の人たちが、みんな辛い思いをしているときだったから――辛抱出来たのよね、きっと……」

その苦労が、身について、いまの彼女が出来たのだろう。

空襲はますます烈しくなり、東京の病院も実家の医院も焼けて、無一物《むいちもつ》になってしまった。

その戦争がやっと終ると間もなく、父親はべつの疎開先で亡くなった。あんなに可愛がっていた娘とほとんど逢うこともなく、上の息子の戦死も知らずに――寂しい晩年だった。下の男の子も病死。Tさんの身寄りは妹一人だけになってしまった。

たった一つだけ——神さまが彼女に残して下さったしあわせがある。空気のきれいな山奥で、一日中、戸障子をあけ放して暮したせいか、夫の病気がすっかり治ったことである。東京へ帰ってきた。昔の患者の厚意で、病院の焼けあとにバラックが建ち、夫は開業することが出来た。医術のほかは何にも知らず、一切の雑事が不得手なこの人は、診療のひまひまに家のまわりにバラをつくった。頑固な一面の優しさが、その見事な花にあらわれていた。いつか——私にこんなことを言った。

「僕の夢は……玄関に竹筒をぶら下げておいて、患者が帰るとき、それぞれ、自分のふところ工合に応じて、なにがしかの金をその中へいれてゆく——そんな病院をつくることだった、若いときから、そう思っていた」

絶対に、お金儲けの出来ないお医者さん……彼女はうしろで微笑んでいた。

そんな夫婦のまわりには、何とか手をかしたい、と思う人たちが寄ってくる。おかげで、いま、そのバラックはマンションになり、五階に住居と診察室がある。借金もあらかた返した。三人の男の子は大学を出るとすぐ、親もとをはなれそれぞれの道を歩いている。必死に生きてきた母のうしろ姿をじっとみていたせいだろう。みんな、しっかりしている。

このごろは蘭の栽培に夢中になっている夫を支え、息子たちの妻——三人の嫁とつかず離れず、サラリとつきあい、落ちついた晩年をすごしているTさん——そのまわりに人影が絶えないのは、この一家がなにかとたより甲斐があるせいだと思う。

私は彼女と話しながら、ときどき、ツンとあごをあげた可愛いお嬢さん時代を思い出して、おかしくなる。

（この人は、苦労を食べて、こやしにして、こんなに見事に成長した……）

まるでメロドラマの主人公のように、次から次へと不幸を背負わされたのに……。

しあわせは、誰がくれるものでもない。それぞれの運命のなかで——なんとか、自分で探すことを——この人は教えてくれた。

解説

長塚《ながつか》京三《きようぞう》
（俳優）

解説など、とても私の任ではない。

僅《わず》かばかりの縁《えにし》を恃《たの》みに、由《よし》なきことを書き連ねたところで、作家としての沢村貞子さん、作品としての本書に、何ほど寄与するものはあるまいと思うからだ。

それより何より沢村さんは、いまだに私のなかで、確かに生きておられる。シカと生きておられるお方に、またその作物に向けて、ことさら「解説」もないではないか。

ここに、一下《さ》げの袴と、帯、合切《がっさい》袋がある。沢村さんの御主人の、大橋先生の持ち物であった。紛れもない先生の遺品である。

季節の変わり目に、私はこれを取り出して眺める。身につけることはない。身につけようにも、先生と私の体型は違いすぎた。だから時おり取り出して、ただ眺める。

沢村さんも、その事情は先刻御承知である。もとより人手を介して届けられた品々だが、「気持だからネ」と、ちょっと困ったように小首を傾げておっしゃる口許、手渡されるときの、指先に籠る微かな表情までが、いま見たことのように髣髴《ほうふつ》とされる。

沢村さん御自身の遺品はない。

しいて言うなら、いつか見立てていただいた、大島の着物くらいのものか。

新年のお祝いに、お披露目のつもりでこれを着てお宅に参上したはいいが、慣れぬ着物の裾捌きをしくじって、羽織を、大事なデコレーションケーキの上に「羽織らせる」という、信じられないような醜態を演じた。

「かしてごらんなさい」と私に羽織を脱がせ、ケーキそっちのけで、汚れ落としを差配された沢村さんの立ち居が、これもまた、つい昨日の出来事を見るようである。

「解説」より何より、私は沢村さんのあのお声を、あの口調を、もう一度耳にしたかった。それで、『わたしの台所』を、すこし声に出して読んでみた。

私は、この御本をお書きになった頃の沢村さんを、「よく知る」とは言えない。渋谷西原のお宅にお邪魔したことも、手料理を御馳走になったこともない。だから当然ながら、ここにある文章の一行たりと、私に向けられたものではない。いわばこれは、私の知らない沢村さんの世界である。

だが、音読を始めるやいなや、私は勃然として感極まった。私のむくつけき声帯から発せられる一言一言が、まさに沢村さんの声、沢村さんの口調をそのまま映し出すものだったからだ。

ただ平板に、話しことばを採録したというのではない。言い換えるなら、私の知る沢村さんは、このように、一風《いっぷう》「書きことばのように」話されるお方でもあったのだ。

肩肘張るのではさらさらない。それでいて、話しことばの平明さ、率直さのなかに、たとえそれをどんな言質《げんち》と取られようとも、一歩も引くものではないという、「責任の所在」が、毅然として顕《あきら》かなのだ。

一度口を衝いて出てしまったことばの無残さ、話すことの痛みというものを、沢村さんは、どこか深いところで知っておられたのだろう。

だから、よく私の話を聞いてくださった。

それは横須賀秋谷の、海を見下ろすマンションの高層階だったが、不意に思い立って、車で馳せ参じるような無作法な私を、御夫婦とも、ただの一度も迷惑がらずに迎え入れてくださり、静かに私の話に耳を傾けられた。沢村さんは、いつものように私の斜め右前にお座りになり、時々小さく頷きながら。

勿論私はお二人に向かって話すのだが、どうしてか大橋先生は、いつも微妙に正面を外されて、もっぱら私と沢村さんの会話を「仄聞《そくぶん》する」という体勢をお取りになった。煙草など燻《くゆ》らせて、「このひとは、キミと話をしたいのだからね」と言わんばかりに。

一度、愚痴になってしまったことがあった。私が主役などを貰う遥か以前、もっぱら質より量で口を糊《のり》していた頃のことだ。

仕事場で、よほど腹に据えかねることでもあったのか。それでなくとも、闇雲に芝居一辺倒だった当時の私は、周囲から誤解を受けやすかった。ほとほと「甲斐がない」などとコボしたに違いない。

ウンウンと、私の話を逐一聞き終えた沢村さんは、例によってちょっと小首を傾げ、前屈みになって私の目を覗き込むと、「それでもアナタは役者が好きでしょ。面白くて堪らないでしょ」と、やや悪戯っぽく宣《のたま》ったのだ。

あのとき、この上を行く一言は、世界中のどこを探してもなかっただろう。

斯様《かよう》に、沢村さんの話しことばは当意即妙にして揺るぎなく、あたかも推敲に推敲を重ねた「書きことば」のようであった。

編集過程で、本来の映画がいじくり回され、不本意な変貌を遂げるのを潔しとせず、編集しながら映画を撮り上げてしまったという伝説の巨匠、ジョン・フォードを偲ばせるものが、沢村さんの口吻《こうふん》には覗われた。

遂に一度もお芝居でご一緒することはなかったが、沢村さんが、ただそこに書かれている台詞を口にするだけで、忽ちそれは、巧まざる演技の域に昇華されたことだろう。

アドリブを忌み嫌い、自らにも固く禁じておられた沢村さんだが、仮に台詞以外の、どの片言隻句、どの仕草を書き取っても、立派な台詞とト書きになったに違いない。「おおげさも大概になさい」と、忽ちご本人に窘《たしな》められそうだが。

『わたしの台所』は、語ることの功罪を知り尽くした作者の、稀有にして究極のアドリブではなかっただろうか、とさえ思う。

その沢村さんが、一度だけ謎めいたことをおっしゃった。奇《く》しくもそれが、私への最後の言葉となったわけだが、「もう足を折っちゃダメよ」というのがそれである。

映画のロケで骨折した私は、その日、まことに不様《ぶざま》な体勢で、沢村さんの病床に侍《はべ》るのがやっとという有様だった。

それにしても足は二本しかない、そうそう折っていては堪りませんと私は笑い、ご本人も、そこに居た誰もが笑ったが、『わたしの台所』を音読した今、漸くあの言葉の意味に触れた思いがする。

すでに篤《あつ》い病《やまい》の床で、静かに休まれている沢村さんに、私が掛ける何ほどの言葉があろう。私の激しい逡巡と、動揺を察知した沢村さんは、スッと先回りして私の口を封じ、窮地を笑いに紛らせるという「助け舟」を出してくださったのだ。気を遣うべき私に、逆に気を遣われた。

最後の最後まで。

このお心配りを、いや御恩義を、いま私はいったい誰に、どう「お返し」すればいいのだ。私のなかで、今でも沢村さんが、シカと生きておられる所以《ゆえん》である。

単行本／一九八一年十一月　暮しの手帖社刊
文庫／一九九〇年九月　朝日新聞社刊

光文社文庫

光文社

わたしの台所《だいどころ》

著者　沢《さわ》村《むら》貞《さだ》子《こ》

2006年6月20日　初版1刷発行
2025年6月15日　16刷発行

発行者　三宅貴久
印刷　新藤慶昌堂
製本　ナショナル製本

発行所　株式会社　光文社
〒112-8011　東京都文京区音羽1-16-6
電話（03）5395-8149　編集部
8116　書籍販売部
8125　制作部

落丁本・乱丁本は制作部にご連絡くだされば、お取替えいたします。
ISBN978-4-334-74086-3　Printed in Japan

組版　新藤慶昌堂

ちびねこ亭の思い出ごはん　ちょびひげ猫とコロッケパン　高橋由太
ちびねこ亭の思い出ごはん　たび猫とあの日の唐揚げ　高橋由太
ちびねこ亭の思い出ごはん　からす猫とホットチョコレート　高橋由太
ちびねこ亭の思い出ごはん　チューリップ畑の猫と落花生みそ　高橋由太
ちびねこ亭の思い出ごはん　かぎしっぽ猫とあじさい揚げ　高橋由太
ちびねこ亭の思い出ごはん　茶トラ猫とたんぽぽコーヒー　高橋由太
女神のサラダ　瀧羽麻子
退職者四十七人の逆襲　建倉圭介
あとを継ぐひと　田中兆子
王都炎上　田中芳樹
王子二人　田中芳樹
落日悲歌　田中芳樹
汗血公路　田中芳樹
征馬孤影　田中芳樹
風塵乱舞　田中芳樹
王都奪還　田中芳樹
仮面兵団　田中芳樹

旌旗流転　田中芳樹
妖雲群行　田中芳樹
魔軍襲来　田中芳樹
暗黒神殿　田中芳樹
蛇王再臨　田中芳樹
天鳴地動　田中芳樹
戦旗不倒　田中芳樹
天涯無限　田中芳樹
白昼鬼語　谷崎潤一郎
ショートショート・マルシェ　田丸雅智
ショートショートBAR　田丸雅智
ショートショート列車　田丸雅智
おとぎカンパニー　田丸雅智
おとぎカンパニー　日本昔ばなし編　田丸雅智
令和じゃ妖怪は生きづらい　田丸雅智
怪物なんていわないで　田丸雅智
優しい死神の飼い方　知念実希人